劇場版　乙女ゲームの破滅フラグしかない悪役令嬢に転生してしまった…

山口悟

S A T O R U　Y A M A G U C H I

一迅社文庫アイリス

CONTENTS

破滅フラグしかない
AKUYAKUREIJYOU NI TENSEI SHITESHIMATTA
に転生してしまった…

人物紹介

キース・クラエス
カタリナの義理の弟。クラエス家の分家からその魔力の高さ故に引き取られた。色気のあふれる美形。魔力は土。

アラン・スティアート
ジオルドの双子の弟で第四王子。野性的な風貌の美形で、俺様系な王子様。楽器の演奏が得意。魔力は水。

ジオルド・スティアート
王国の第三王子。カタリナの婚約者。金髪碧眼の正統派王子様だが、腹黒で性格は歪みぎみ。何にも興味を持てず退屈な日々を過ごしていたところで、カタリナと出会う。魔力は火。

マリア・キャンベル
『平民』でありながら『光の魔力を持つ』特別な少女。本来の乙女ゲームの主人公で努力家。得意なことはお菓子作り。

メアリ・ハント
侯爵家の四女でアランの婚約者。可愛らしい美少女。『令嬢の中の令嬢』として社交界でも知られている。

ソフィア・アスカルト
伯爵家の令嬢でニコルの妹。白い髪に赤い瞳のため、周囲から心無い言葉を掛けられ育ってきた。物静かで穏やかな気質の持ち主。

★セリーナ・バーグ
バーグ公爵家の長女。第二王子の婚約者。

★アン・シェリー
カタリナ付のメイド。
カタリナが八歳のときから仕えている。

乙女ゲームの

OTOME GAME NO HAMETSU FLAG SHIKANA

悪役令嬢

ニコル・アスカルト

国の宰相であるアスカルト伯爵の子息。人形のように整った容貌の持ち主。妹のソフィアを溺愛している。魔力は風。

カタリナ・クラエス

クラエス公爵の一人娘。きつめの容貌の持ち主（本人曰く「悪役顔」）。前世の記憶を取り戻し、我儘令嬢から野性味あふれる問題児(?)へとシフトチェンジした。単純で忘れっぽく調子に乗りやすい性格だが、まっすぐで素直な気質の持ち主。学力と魔力は平均かそれ以下くらいの実力。魔力は土。

アーキル

ムトラク王国からきた商隊の少年。商隊のテントに迷い込んだカタリナと出会う。動物と心を通わせる能力がある。

★クミート

ムトラク王国からきた商隊のメンバーで、アーキルとは幼い頃からの友達。美しい容姿をいかし女装をしてショーに出ている。

★ナシート＆ハーティ

ムトラク王国からきた商隊のメンバー。双子で見た目は瓜二つだが性格は異なる。

★ソラ

魔法省に勤める、火と闇の魔力を持つ青年。カタリナを気に入っている。

★ジェフリー・スティアート

王国の第一王子。常に笑みを浮かべた軟派な印象の人物。

★アルクス

ムトラク王国からきた商隊のメンバーで、剣舞の舞手の少女。クールに見えるが内気でおとなしい性格。

★隊長

ムトラク王国からきた商隊の隊長。隊の仲間たちの父親的存在。

★ラファエル・ウォルト

魔法省に勤める、風の魔力を持つ青年。穏やかな性格の持ち主で有能。

★イアン・スティアート

王国の第二王子。真面目でやや融通がきかない性格。

★スザンナ・ランドール

ランドール侯爵家の次女。第一王子の婚約者。

イラストレーション◆ひだかなみ

劇場版　乙女ゲームの破滅フラグしかない悪役令嬢に転生してしまった…

I was reborn as a villain daughter

第一章　異国の商隊

「ふふふ。今日もいいお天気だわ」

私、カタリナ・クラエスは、お城の庭を歩きながら空を見上げてそう呟いた。

少し前に二年間の学園生活が終わりを迎え、春からは魔法省に勤務する予定だ。

ここまでくるのに本当に色々なことがあった。

すべては八歳の春、城の庭で転んで頭を打ったことから始まった。

頭を打った拍子に思い出したのは前世の記憶だった。

日本という国で、オタクな女子高生だったことを思い出し、なんと今の世界が前世で亡くなる前にプレイしていた乙女ゲームの世界であることに気付いてしまった！

それだけならさほど問題はなかったのだが、私が生まれ変わったのはゲームの中の行きつく先には破滅フラグだらけの悪役令嬢、カタリナ・クラエスだったのだ！

ゲーム主人公のライバルキャラであり、主人公がハッピーエンドで国外追放、バッドエンドで死亡するという悲惨な悪役、自分がそんな存在になってしまったと知った私は、迫りくる破滅を回避するために行動した。

幸いなことにゲームのスタートは十五歳で入学する魔法学園からで、記憶を思い出してからまだ何年かあったので色々と対策を立てることにした。

国外追放された時に生きていけるように鍬を取り畑を耕し、攻略対象からの攻撃をかわせるように剣の腕を磨き、またいざという時に相手を怯ませるために投げつける蛇のおもちゃを作製した。

そうして準備を調えながらも、なぜか攻略対象たちや、他のライバルキャラとも友好を深め、昨年、満を持して魔法学園へ入学したのだ。

学園に入学すると、ゲームの主人公であるマリアが存在していた。

ゲームでは悪役令嬢カタリナの宿敵であったマリア・キャンベル、彼女は――すごく可愛くて優しくていい子で、私はすっかりマリアが大好きになりお友達になった。

その後、何もしていないのに私の断罪イベントが起こったり、隠しキャラであるラファエルのゴタゴタに巻き込まれたりなど色々とあったのだけど――結局、マリアが誰とも結ばれないみんなお友達エンドを迎えゲームシナリオの日々は終わったのだ。

こうして私は無事に破滅を乗り越え、穏やかで平和な生活を手に入れた！　――と思ったのもつかの間、ちょっと私が誘拐されてしまったり、義弟キースが誘拐されてしまったりと事件が続きなかなか平和な生活とはならなかった。

しかし、共に事件は無事に解決し、今度こそ平和な生活となるはずだ！

そう思えば自然と心も弾んでくる。

ちなみに今日は婚約者のジオルドにお茶に誘われてお城へ来ている。

いつも一緒の義弟キースはお父様と共に仕事で出かけているためにこうして一人やってきた

のだ。

学園を卒業し、皆、それぞれの道に進み始めている。ずっと一緒だったキース、それに友人たちとも一緒でなくなるのはなんだか寂しい。

それにこれから入る魔法省でのことも不安はある。前世のアルバイトを除けば初めてのお仕事経験だ。それも魔法省という国でトップの職場、ちゃんとできるかしら。

そんなことを考えながら歩いていたら、

「わふっ」

と足元から声がした。そちらに目をやると黒い子犬が尻尾を振ってこちらを見ている。

「こら、ポチ。ここでは出てきたら駄目だよ」

キース誘拐事件の際に、ひょんなことから私の影に入り込んだ闇の使い魔ポチ。

色々な経緯をたどりつつ私の元で暮らすことになった黒い子犬はいままで（前世も含め）犬に嫌われ続けてきた私の大いなる癒しとなっているが、たまにこうして自由に出てきてしまうのには困っている。

「ほら、ポチ、ハウスだよ」

そう言って影に戻るように促すけどポチは言うことを聞いてくれない。それどころか、

「わふっ」

そう鳴いて、だーっと駆けていってしまった。

「あっ、こら、ポチ、待ちなさい」

私は慌ててポチの後を追った。

ポチを追いかけてお城の外れの方まで来てしまった。昼だというのになんだか薄暗い感じだ。

「ポチ、ポチ、どこかしら？」

しばらくあたりを見回すと、茂みの先にある建物のドアが少しだけ開いているのが見えた。

もしかしてあの開いたドアから入っていっちゃったんじゃあないだろうか、なんとなくそう思えた。

不法侵入という単語がちらついたが『すぐに出ますから』と心の中で言い訳してさっと中に入った。

中は物置なのか、色々なものがごちゃごちゃと並んでいた。花瓶や絵画、石像なんかもある。ただどれも埃（ほこり）を被（かぶ）っている。

使わなくなった美術品を置いてあるのかな？

「わふっ」

しばらく進むと聞き覚えのある声がしたので、そちらへ行くと案の定。

「ポチ、ここにいたのね」

ポチがワフワフと尻尾を振っていた。

「もう、勝手にどこかに行っちゃダメだって言ってるじゃない……あれ？」

ポチの方へ駆け寄ると、その後ろから小さな生き物がひょこりと顔を出した。

「え～と、あなたどこの子？」

私がそう問いかけると、

「ピヨ」

その小さなひよこはまるで答えるようにそう鳴いた。


「――というわけでそこからついてきてしまったんです」

私がそう説明すると、

「おそらくそれは先代国王が集めた美術品を保管してある場所だとは思うのですが、なぜそんなところにいたのでしょうね？」

ジオルドはそう言って首をかしげた。

「お城の庭で飼われている鳥の雛ではないんですか？　野鳥にしては人に慣れているみたいですし」

メアリがそう言うと、アランがう～んと唸る。

「だが、城の庭で鳥を飼っているなんて聞いたことないぞ？」

「なら外から入ってきたのでしょうか？」

ソフィアがそう言えば、ニコルが頷く。

「ああ、塀はあるが覆われているわけではないから、その可能性はあるな」

「見たことのない鳥さんですね。なんの鳥でしょうか？」

マリアがそう不思議そうに言うと、

「うん。本当に見たことないな。新種かな？」

キースもそう言って首をかしげた。

「そうね。ジオルド様はどう思います？」

私がそうジオルドに尋ねると、

「そうですね。鳥のことも気になりますが、なんでカタリナだけを呼んだはずのお茶の席に皆が集まっているのかの方が気になります」

と胡散臭い笑顔で返してきた。

「えっ、皆も呼ばれていたのではないの？」

ひよこを連れてここに来た時には、朝、仕事に行ったはずのキースも含め、皆が普通にいたから、てっきり皆も呼ばれたのかと思っていたのだけど違ったようだ。

「ふふふ、抜け駆けなどさせませんわよ」

「まぁ、皆で集まった方が楽しいだろう」

「そうですわ。私たちだってカタリナ様とお茶をしたいですわ。ねぇ、お兄様」

「そうだな」

「私も皆さんとまたご一緒できて嬉しいです」

「そういうことですのでジオルド様」

最後にキースがにこりと言えば、ジオルドは、

「いえ、だからどういうことですか」

そう言って頬をひくりとさせた。

そして私はその後キースに、無断で立ち入りを許可されていないお城の建物に入ったことを叱られた。そこは私も反省している。

ちなみにひよこはそのまま戻すところがわからなかったため、

「私と一緒に来る？」

そう聞くと、

「ピヨ」

と答えたので、とりあえず私が連れて帰ることになった。

『いままでずっと傍で支えてくれてありがとう』
男はそう言って傍に寄りそう彼に頬を寄せた。
男の命はもうつきかけている。初めてできた大切な友人を失う悲しみに、彼の瞳に涙があふ

れてきた。

そんな彼に男は言う。

『人の魂は失われてもまた新たに世を巡るという。俺が新たな魂を得て世に出ることができたら、またお前を探す。そしてまた友になってくれと願いにいく』

それは死にゆく男の戯言のようでもあったが、男の目は真剣だった。

この男はこれまで約束を違えたことは決してなかった。

男はきっと新たな魂でまた彼のところにやってきてくれることだろう。

『ああ、待っている』

彼がそう答えると男は安心したように微笑んで、そして目を閉じた。

その目が再び開くことはなかった。

友を失い孤独となった彼はそれでも男の今わの際の言葉を信じ待つことにした。長い長い時を――。

どこか懐かしさを覚える不思議な夢を見て目を覚ました時、今まではなかったその気配に気が付いた。

俺は慌てて外へ飛び出していた。後ろから相棒の羽音が聞こえ、俺についてきたのがわかった。

外に出て気配をたどれば、室内にいた時よりはっきりした気配を感じ取ることができた。

「本当に存在したのか」

思わずそう声を漏らした俺の肩に相棒が止まり小さく鳴いた。

どこか懐かしいようなその気配を感じる方向へ目を向け、俺は今後の行動を考える。

このことはあの男に報告しなければならないだろう。

黙っておいても、気配が強くなれば別の者が気付く可能性がある。

そうなった時、すぐに報告をしなかったことを咎められるのは俺で、その被害を受けるのは俺の大切な人たちだ。

あの男にこのことを報告すれば面倒なことになることは明らかだ。『連れてこい』と言われるかもしれない。

そう思いながらも今の自分の立場では逆らうことができない。

俺は仕方なくこの事実を告げるべく憂鬱な気分であの男の元へと向かった。

肩に止まった相棒がそんな俺を慰めるように頬へ顔を寄せてきた。

「ピヨ、ほらおいで～」

そう声をかけるとひよこのピヨはトコトコと私の元までやってくる。実に可愛らしいその姿に頬が緩む。

お城で見つけたひよこを引き取ってからしばらく経った。

結局、親鳥らしき鳥も見つからず私がそのままクラエス家で世話している。

名前も『ピヨ』とつけてみた。

『なんかそのままだね』と言ったキースもなんやかんや言って『ピヨ』と呼んで、仕事がない時は会いにきて可愛がっている。

そして、初めこそ『また変な生き物をひろってきて！』とご立腹だったお母様も、次第にピヨの可愛さにやられて、私に内緒でこっそり可愛がって餌をやったりしているらしい。ピヨの可愛さはすごい。

そんな可愛さにやられたのは、我が家の家族だけにとどまらない。

メアリ、ソフィア、マリアの女性陣はもとよりジオルド、アラン、ニコルまでピヨ用のおやつを持って遊びにくるまでになっている。

特にアランなどはピヨの気に入りそうなおやつを見定めることができ、ピヨに気に入られはじめている。羨ましい。

女性陣はピヨの毛並みをつやつやにしたりちょっぴり飾りをつけてあげたりして可愛がっている。ピヨの方も美少女たちにチヤホヤされてご機嫌な様子だ。

でもそうしてピヨばかり構うともう一人のペットのポチが寂しそうなので、

「ほ～ら、ポチもおいで」

ポチも呼んでそのふさふさの毛を撫でてあげる。

うん、ピヨも可愛いけどポチも可愛いわ。

ああ、両手にモフモフで幸せ～。そんな風に二匹を堪能していると。

「……リナ様、カタリナ様」

名前を呼ぶ声にはっと顔を上げると、私付きのメイドのアンが立っており、

「カタリナ様、馬車の準備ができたそうです」

と告げてきた。

「ありがとう。今、行くわ」

私はポチに影に戻るように言って（闇の使い魔ポチのお家は私の影の中なのだ）ピヨをそっと肩に置いた（ピヨはいい子に私の肩に乗ってくれるのだ）。

二匹と遊んでいたために、ドレスについた芝をアンがはらってくれた。

「アン、ありがとう」

私はアンと共に準備された馬車へと向かい乗り込むと屋敷を出発した。

今日は皆、予定がありピヨに会いにこられないとのことで、私はアンと街へロマンス小説の新刊を買いにいき、人気のケーキ屋さんでケーキを食べることにしたのだ。

ちなみにアンが付き添いなのは仕事に出ているキースやお父様が私を心配したためだ。

私は『別に一人でも行けるよ』と主張したのだけど、『危ないから』と皆に却下されてし

まった。お母様は『何かやらかすといけないから』とのことだったが。

しかもキースからは仕事に出かける前に色々と注意も受けた。

なんというか私も成人していて（ソルシエの成人は十五歳）学園も卒業し、もうすぐ社会人。いわばいい大人なのだけど……どうも皆、私が幼いと思っているようで、『知らない人にはお菓子をもらってもついていかない』などなど子どもに言うような注意をされてしまうのだ。

私、十七歳にもなってさすがにお菓子で知らない人にはついていかないよ。

なんか私の周りって過保護な人が多い気がするな。

そんなことをぼんやりと考えながら窓の外を見ていると、ふと見慣れないものが目に映った。

平地に大きなテントのようなものが張られていたのだ。

「アン、あれは何かしら？」

向かい側に座っていたアンにそう尋ねると、アンも窓の外を覗き見た。

「ああ、あれはたぶん商隊だと思います」

しばらくじっと外を見てアンがそう答えてくれた。

「しょうたい？」

「色々な品物を移動しながら売り買いしている隊です。大きな動く店みたいなものでしょうか」

「へぇ～、そんなものがあるんだね。初めて見た」

「私もあんなに大きなものは初めて見ました。あのようなテントの形はあまり見ないですし、もしかしたらソルシエのものではないかもしれませんね」

「えっ、他国から来ているの！」

「そう多くはないですが、来ることがあるみたいですよ」

「へぇ～。そうなんだ。ねぇ、商隊って何を売っているの？」

「そうですね。布地や鉱物など様々ですね」

　なんだかすごく面白そう。

「……ねぇ、アン。少しだけ見にいかない？」

　私がそう提案すると、アンはやや渋い顔になった。

「カタリナ様、今日は本を買ってケーキを食べるだけという約束です。余計な寄り道をしても
し何かあったらどうするのですか」

「ほんの少しだけ見てみるだけよ。もし危なそうならすぐに戻るって約束するから、アン、お
願い。ピヨも商隊、見てみたいよね？」

　肩に座っていたピヨにも声をかけると、

「ピヨ」

　と同意したように鳴いた。

「ほら、ピヨも見てみたいって」

　そんな私とピヨを見て、アンは少し考えこんだのち、

「わかりました。ただ本当に少しでも危険だなと思ったらすぐ戻りますからね」

と承諾してくれた。

「やった～、ありがとう。アン」

こうして私たちは張られた大きなテントの商隊へと向かった。


遠目ではわからなかったが、テントに近づいていくと、そこには街の人と思しき人たちが結構な人数集まってきていて、なんとなくお祭りのようなワクワクする雰囲気を醸し出していた。

「わぁ～なんだか楽しそう」

「そうですね。まるでお祭りのようですね」

アンも私と同じようなことを思ったようでそう口にした。肩に乗ったピコも賑やかな雰囲気にソワソワしている。

大きなテントの周りには、何枚かの敷物が敷かれており、そこには様々な品物が並べられ売られているようだった。

そこにはソルシエではあまり見かけない褐色の肌をして、頭にはターバンのようなものを巻いた人たちの姿がある。

前世で読んだアラビアンナイトの挿絵に出てきたような人たちだ。

「アンの言った通りに異国の商隊みたいだね」

「そのようですね」

商隊というもの自体初めて目にしたのだが、それも異国のものとなると、なんだかさらにワクワクした。

周りがお祭りのような雰囲気であるのも手伝ってテンションがドンドンと上がっていく。

「お店、近くで見てみましょう」

私はそう言ってアンの手を引いて駆け出し、

「カタリナ様、少し落ち着いてください」

とアンから注意されてしまった。

「うん」

と頷きはしたものの、ワクワクは落ち着きそうにない。

お店の近くに行くとまたテンションが上がっていく。

「わ〜、見たことないものがいっぱい」

そこには鮮やかな織物から、アクセサリーのようなものや工芸品など様々なものが並べられていた。

おぉ、木彫りの動物もあるな。これお土産(みやげ)に買っていこうかな。じっと木彫りを見ていると肩の上でピヨが、

「ピヨ」

と鳴いた。

「ん、どうしたの？」

パタパタ羽を動かすピヨに手をやると、ピヨは手に乗って下ろせというような仕草をしたので、そっと下ろすと、ピヨは一つの木彫りの前にちょこんと立った。

ピヨの前にある木彫りは見たことのない鳥のようなものだった。

何だろう？　鳥だろうけど羽が多いような。

「あのこれってなんの生き物なんですか？」

ピヨを見て「可愛いひよこだね」と顔を綻ばせていた店のおじさんにそう聞いてみると、

「ああ、それは国の守り神様だよ」

という答えが返ってきた。

国の守り神？　ソルシエにそんなものいるなんて聞いたことないな。

あっ、違うか。この人たちの国の神様になるのか！

「あの、おじさんたちはどこの国の人たちなんですか？」

「俺たちはムトラク国のものだよ」

おじさんはニコニコと教えてくれたけど……ムトラクってどこだっけ？　近くにそんな国あったっけ？

そんな感じで頭にはてなを浮かべる私の様子に気付いたおじさんは苦笑して続けた。

「お嬢さんが知らんのも無理ないよ。ソルシエからはだいぶ離れている国で、ほとんど交易もないからな」

「そうなんですね」

しかし、遠い国か、それならわからないのも仕方ない。ただ私の場合は忘れているだけの可能性も高いけど。

だけど、そんな離れた国からなんでわざわざソルシエまでやってきたのだろう。それも聞いてみようかなと思った時だった。

音の出所を探してあたりを見回すと、テント近くに木材で簡易舞台のようなものができており、その上で商隊の関係者と思しき人々が見たことのない楽器を演奏していた。

ソルシエでは見かけない楽器たちから紡ぎだされる軽やかな音楽の方へ意識が向いていると、

「ピヨ」

そう鳴いてピヨが音楽のする方へと走っていってしまった。

「あっ、ピヨ待って」

小さなひよこの走りなのでそこまで速くはないが人混みの中ではなかなか追いつけない。

必死に追っていると気付けば音楽が演奏される舞台の前まで来てしまっていた。

異国の人々が美しい音色を奏でる中、一人の人物が前に出てきた。

顔をベールで覆ったその人は、アラビアンナイトの挿絵の踊り子のような衣装を着ていた。

その服装からおそらく女の人なのだろう。

彼女はぺこりと頭を下げると、音楽に合わせて踊り始めた。

それはソルシエのダンスとは違うまるで蝶々が舞っているような美しい踊りだった。

そんな踊りの途中で踊り子の隣に突然、虎が現れた。

私も含め見ていた者は皆、ギョッとしたが、虎は踊り子にとびかかるでもなく一緒に舞うように動き始めた。

呆然と見守る私たちの前で踊り子と虎は美しく舞い、音楽が止まると一人と一頭は頭を下げた。

それはこの虎もショーの一つだったということでその見事な舞に、私たちはわっと歓声をあげた。

虎はその後、一人の人物に連れられまるで大きな猫のように素直にステージから去っていった。なつっこい虎だ。

その場は喝采と大きな拍手であふれかえった。

「すごかった」

その見事なショーに魅せられ、そう呟いたところで私ははっとなった。なぜ自分がここに来たか思い出したのだ。

「いけない、ピヨを追っていたんだった」

私は慌てて足元を探し始めた。

いつの間にか増えたこの人混みの中で小さなひよこを探し出すのは容易ではない。

ピヨ、潰されたりしていないかしらと不安になる。

必死に地面のあたりに目を凝らし、周りを確認し、ふとテントの近くに小さなひよこの姿が見えた気がした。

ピヨ、いた！　私は人混みをかき分けそちらへと走った。

テントの近くまで来てまた地面を探すがピヨの姿は見えない。見間違いだったろうかと思い始めた時。

「ピィ」

と小さな鳴き声がした。

ばっとそちらへ目をやるとピヨがテントの少しあいた隙間(すきま)からご機嫌な様子で中に入っていくところだった。

「ちょっ、ピヨ、戻っておいで」

という私の声は届かなかったようで、ピヨはテントの中へ入っていってしまった。

私はピヨが入っていった隙間から、

「ピヨ～ピヨ～、戻っておいで」

と声をかけ、中を覗いてみたりしたけど応答はない。

「どうしよう」

商隊の人にお願いして中に入れてもらうかと考えたところで、先ほどのショーの虎が思い出された。

あの虎、大人しそうだったけど肉食だろうな。もしあの虎に見つかったら、ピヨ食べられてしまうかも！　そう思うと悠長にお願いにいっている時間が惜しくなり、私はピヨが入った隙間からテントの中に侵入した。

テントの中は想像以上に広くて、たくさんのものであふれていて簡単に小さなピヨの姿を見つけることはできなかった。

「ピヨ、ピヨ、どこ行ったの。いい子だから出てきなさい」

私は小さめな声でそう言いながら、こそこそとテントの荷物の中でピヨを探し歩いた。

するとしばらくさまよったあたりで「ピヨ」という鳴き声を耳がキャッチした。すぐにそちらへ行くと、

「ははは、なつっこい奴(やつ)だな。お前、どこから来たんだ」

頭にターバンを巻いた少年がそう言って手に乗せたひよこを撫でていた。それは我が家の預かりひよこ、ピヨだった。

「あっ、ピヨいた！」

私はピヨを見つけた喜びから思わずそう声をあげた。気付いた少年が驚いた顔でこちらを見た。

「誰だお前？」

一気に険しい顔になった少年の声に私はびくりとなるが、考えればこちらは不法侵入者、少年のこの反応は当たり前だ。というかこの子、近くで見たらすごい美少年だ。

アラブ系の美少年、初めて見た。

そんな美少年の雰囲気にやや呑(の)まれつつ、

「あの、そのひよこ、うちの子なの。さっき勝手にこの中に入っていってしまって……舞台で虎を見た後だったので、もしかして食べられちゃうんじゃないかと心配になって、早く見つけなきゃと私もその子を探すために無断で入ってきちゃったの。ごめんなさい」

私は今のこの状態を説明し謝罪した。

その説明で少年の険しい顔が少しだけ緩んだ。そして、

「そう思うのも仕方がない。ただこいつは俺の許可がないものは勝手に食べないから大丈夫だ」

そんな風に言って後ろに視線を向けた。

つられて私もそちらに視線を向けると、そこには先ほどショーに出ていた虎が横たわっていた。

「わっ」

驚いて声をあげてしまった私に虎は一瞬うるさそうな顔を向けたが、すぐに興味を失ったようでぷいと顔をそらし、猫のように丸くなった。

その様子に一瞬感じた恐怖はふっとなくなった。

「なんか猫みたい」

私の発言に少年が
「元々、猫の仲間だから」

とぼそりと呟いた。まるで独り言みたいだったけど教えてくれたみたい。無愛想な感じだけど親切な子だな。

虎はそのまま目を閉じてしまった。寝息のような音が聞こえ始めたので寝たのかもしれない。

こんな大きくて怖そうな動物がこんな近くで眠っているなんて不思議な体験だ。

私はしばらくじっと虎を見つめた。毛艶のよい子だ。そういえばあの舞台からこの虎を連れ

てかえったのはこの美少年だったのかもしれない。

「あなたがこの虎の世話をしているの？」

そう聞いてみると、美少年は無表情のままこくりと頷いた。

やはり舞台でまるで飼い猫を扱うように虎を連れていった人物がこの少年だったのだろう。

すごいな。

少年の手の上のピヨはこちらをちらりと見ただけで戻ってくる様子もなく少年の手の上で尾を振り振りしている。

数日、一緒に過ごして仲良くなってきたと思っていたのにあっさり初対面の子に負けてややショックだ。

「動物に好かれるんだね」

前世から犬に嫌われ、他の動物にもそれほど好かれることもない身としては羨ましい限りだ。

「……仕事で扱い方を心得ているだけ」

ぽつりと少年が答える。ぶっきらぼうだけど質問にはちゃんと答えてくれるし、いい子だなこの子。

「あの、仕事って何をして――」

いるの？　と聞こうとした時、ひゅっと音をたてて何かが飛んできた。そしてそれは少年の肩に止まった。

「鷹（たか）！」

それは大きくて綺麗な鷹だった。その羽も美しく光でキラキラしていた。

「綺麗」

そう言うと、鷹がどこか誇らしげに胸をはった気がした。

そんな鷹を少年が目を細めて撫で鷹もそれを嬉しそうに受け入れている。まるで意思疎通ができているみたい。

「あの、仕事って何をしているの？」

一人と一羽の仲の良い様子に見惚れながらも途切れてしまった質問を再度すると、少年は、

「こいつらと曲芸をしている」

そう言って先ほどの虎や肩に乗った鷹を示した。

「えっ、あの虎の踊りとかをあなたが教えたの？　すごい！」

「……こいつらのもの覚えがいいだけで、俺がすごいわけではない」

少年はそんな風に言ったけど、そもそも言葉の通じない虎にあれほど見事に踊りを教えることができるのはすごいことだと思う。

「あの、この子もショーに出るの？　今日は出てなかったみたいだけど」

少年の肩に『ここは俺の場所だ』という風に乗っている鷹を見てそう尋ねてみると、

「今日のショーはただの顔見せ。本番は明日でそこに出る」

「えっ、あれが顔見せ！　明日、本番があるの？」

今日のショーだけでも本当にすごかったのにそれが顔見せだったなんて驚きだ！　身を乗り

出した私に少年はやや引きつつも、

「テントの中で大きいステージを準備している」

　と教えてくれた。

「それって誰でも観られるの？」

「観られる」

「じゃあ、観にきてもいい？」

「……別に好きにすれば」

「やった～。ありがとう。え～とあなた名前は？」

　そう尋ねると少年は少し嫌そうな顔をしつつも、

「……アーキル」

　と名を教えてくれた。やっぱりいい子だ。

「アーキル。私はカタリナよ。よろしくね」

　ニコニコと名乗ると、アーキルは『ああ』と答えてくれた。そこへ、

「アーキル」

　後ろから呼ぶ声がして振り向くと、一人の少年がこちらへと近づいてきた。アーキルと同じくらいの年頃（としごろ）みたいだ。

「あれ、お客さん」

　私を見てそう言った少年は、年頃こそアーキルと同じくらいだけど、その顔は女の子みたい

に可愛い。ん、男の子？　だよね。

「迷子(まいご)」

　少年の問いにアーキルはあっさりそんな風に言った。

　少年が不思議そうな顔で私を見る。

　そうだ私、迷子だった。

「あの、このひよこが勝手にテントに入っていっちゃって追ってきたの。ごめんなさい」

　私がそう言ってアーキルの手の上のピヨに手を伸ばしたが、ピヨはぷいっと顔をそらした。

「えっ、ピヨ、なんで」

　まさかこんな反応をされるとは思わずショックを受ける私を見て、少年がぷっと噴き出した。

「こいつもアーキルが気に入ったんだろう。アーキルは動物誑(たら)しで、どんな動物も夢中にさせちまうから」

「えっ、そうなの⁉」

　それならこのピヨの態度もしかたがないのか⁉　驚く私にアーキルがはぁと息を吐き、

「ただの冗談だから」

　そう言うと、私の手の上にピヨを乗せてくれた。

　しかし、ピヨの方は非常に不服そうな様子で、これはこの少年の言う通りである気がした。

「やっぱり誑されてる」

　そう漏らした私にアーキルは、

「そんなことない」

と眉を寄せ、少年は楽しそうに口を開けて笑った。

「それで、なんの用だよ。クミート」

アーキルが少年にそう声をかけた。どうやら少年はクミートというらしかった。

「ああ、少し明日に向けてリハーサルでもするかって話になったから声をかけに来たんだ」

クミート少年が明るくそう答えた。

「リハーサルって明日やるショーの？」

聞いてしまった話に私は思わず食いついてしまった。だって先ほどのショーがあまりにもすごかったから。

「明日のショーのことアーキルから聞いたの？」

クミートが少し目を見開いた。

「うん。教えてもらって、来てもいいって言ってもらったの」

「へぇ～、アーキルが誘ったんだ」

クミートはなにやらニヤニヤしたが、アーキルは、

「勝手にしろって言っただけ」

とぷいと顔をそらした。

「ふ～ん。そうなんだ。じゃあ、君。え～と」

「カタリナです」

「そう。俺はクミート。よろしくね。カタリナ、よければリハーサル見ていく？」

「えっ！　いいの？」

「おい、クミート」

アーキルがそう言い眉を寄せたけどクミートは気にした様子もなく、

「どうぞどうぞ」

と笑った。

「ありがとう。じゃあ、ぜひ……あっ」

そう言って身を乗り出したところで、私は共にきたアンのことを思い出した。

「どうしたの？」

言葉を途切れさせた私にクミートが尋ねる。

「あの、私、一緒に来た連れとはぐれてしまったの。その人と合流してからまた来てもいい？」

私がそう言うと、アーキルは
「お前、本当に迷子だったのか」

と目を見開いた。自分より年下と思しき人に何度も迷子と言われるのも何だか複雑で、

「迷子じゃなくてはぐれただけ」

そう否定すると、

「いや、それを迷子っていうんじゃないか」

とアーキルが呆れた顔をした。

む～と口を尖らせる私と呆れ顔のアーキルを、なんだか微笑ましいような顔で見ていたクミートが、

「んじゃあ、その人と合流したら一緒にまた来なよ。俺たちの知り合いだって名乗れば入れるようにしとくから」

そう言ってくれた。

「ありがとう」

私はクミートにそう言って名残惜しそうにアーキルを顧みるピヨを連れて、入ってきたところへ戻ろうとすると、

「いや、どこ行く気だ？」

とアーキルに止められた。

「入ってきた隙間のところから出ようかと」

「……お前、そんなところから入ってきたのか」

「うん」

アーキルはため息をつき、クミートはうつむいて肩を震わせていた。

「帰りは出口から出ろよ」

私はそう言ったアーキルに引きずられるように出口に案内された。

「また迷子になるなよ。それから次に入る時はちゃんと出入り口を使え」

とアーキルに送り出され、私はテントを後にした。

まさかリハーサルを見せてもらえることになるなんてついているわ。早くアンと合流してまたテントへ行こう。

私は馬車のところまでルンルン気分で駆け出した。肩のピヨは不服そうだったが。

俺、アーキルが元の場所へ戻ると、

「ちゃんと送ってきたの？」

商隊の仲間であり幼馴染でもあるクミートがニヤニヤしてそんな風に聞いてきた。

「ちゃんと出入り口から出してきた」

そのニヤニヤが気にくわなくてことさらにぶっきらぼうに答えたが、長年の付き合いであるクミートは気にした風もなく、

「まぁ、またすぐに来てくれるしな。その時、かっこいいところ見せてやれよ」

などと言ってきた。

「はぁ、何を言ってんだよ」

今度は顔を険しくしてそう返すが、クミートはにやりとして言った。

「だってあの子、気に入ったんだろう」

「なっ、ちが……」

「じゃあ、先に準備しているな」

クミートは俺が言い返す前にさっさと戻っていく。

「何が気に入ったんだろうだよ」

変な女でペースを乱されただけだ。ただ、他の奴より少し話しやすかっただけ。

俺はその育ちゆえに人が苦手だ。そのため商隊の仲間以外とは話すことはほとんどない。特に女は。だからこそ少し普通に話しただけでクミートがあんな風に言ってくるのだ。だが、

「今はそれどころじゃあないだろう」

今はそんな浮ついたこと言っている場合じゃない。

俺はすっと目をつむり気配をたどる。ああ、確実に近づいている。もうすぐだ。

馬車を停めてある場所へ行くとアンが青い顔をして待っていた。相当心配させてしまったよ

うだ。申し訳ない。

だいぶ探しても見つからず、もう少ししたらクラエス家にも応援を呼ぶところだったそうだ。

危なかった。

それでテントの中で商隊の人と話をしていただけってバレたら、またお母様に大目玉をくらうところだった。

心配させてしまったアンにピヨが逃げてしまったことからの経緯を話したら、呆れた顔をされ、またこれからリハーサルを見せてもらえることになったと告げると、

「なんというか、さすがカタリナ様ですね」

と苦笑して言われた。

何かさすがなことがあったかしら？

そうして無事に合流を果たしたアンと今日の予定を変更し、私たちは商隊のショーのリハーサルを見にいくことになった。

再度の逃走防止でピヨには籠に入ってもらった。これにもピヨは不服そうな様子を見せたけれど、そうしないと置いていくと告げると静々と籠に入った。ピヨはとても賢いひよこなのだ。

「それにしても商隊ってショーまでするんだね」

テントに向かう途中、アンにそんな風に話をふると、

「ソルシエの商隊では聞いたことがないので、そのムトラクという国特有のものかもしれないですね」

そう返ってきた。

「へぇ～、そうなんだ。商隊全部がショーをするわけではないんだ」

ちなみにアンは先ほどの舞台での音楽と踊りは後ろすぎて見えなかったそうで、改めて見にいけるのを楽しみにしているようだ。

「ひと口に商隊と言っても色々なものがあるようですよ。少人数で一定の商品だけを扱う小さな隊から、大人数で様々な商品を扱う大きな隊まで」

「じゃあ、ここに来ている隊は大きな隊になるの？」

「そうですね。かなり大きな隊だと思います。カタリナ様を探している時に耳にした話では、この商隊は国お抱えの隊らしいですよ」

「国のお抱えの商隊とかあるの？　うちの国でも？」

まったく知らなかったので驚いて聞くと、

「いえソルシエではそのようなものがあるとは私も聞いたことないです。それもムトラク特有のものなのではないですか」

とのことだった。

国のお抱えの商隊か、だからあんなすごいショーができるのか。

でもアーキルがあれは顔見せ程度だって言っていたっけ。なら本番はもっとすごいものが観られるのだろう。リハーサルが楽しみだ。私の足は自然と速まった。

テントの入口に着きクミートに言われた通りに、

「アーキルとクミートの知り合いです」

　と告げると、入口で待機していたおじさんは、

「ああ、あんたがそうか、あいつらから聞いてるよ。楽しんでいって、できれば宣伝もよろしくな」

　にこりとしてそう言った。

「宣伝ですか？」

　聞き返すと、

「ああ、ショーは集客のためにしてるから、そこで集まった人に商品を買ってもらうのが目的なんだ。なんでお嬢ちゃんがショーを宣伝して客を集めてくれると助かるってわけさ」

「なるほど、そういうことなんですね。わかりました、友達に宣伝しておきます」

「ありがとな。よかったら友達も誘ってきてくれよ」

「はい、そうします」

　私はおじさんに元気に返事をした。

　これからなかなか会えなくなる友人たちを誘ってここに来られればとても楽しいだろう。

　おじさんはテントの入口から、

「おーい。アーキルとクミートの客が来たぞ」

　と声を張りあげた。

　するとテントに入った私たちの元に二人の子どもが近づいてきた。前世なら小学生の高学年

くらいなのだろう二人は私たちの前に立つと、

「「アーキルとクミートにステージまで案内をするように言われた」」

声をそろえてそう言った。その二人の顔は可愛らしくて、そしてそっくりだった。

「双子」

思わず呟くと、一人はニコリと笑って、

「そうだよ」

と言い、もう一人は眉をひそめて、

「だからなんだよ」

と口を尖らせた。どうやら顔はそっくりだけど中身はだいぶ違うみたいだ。

「じゃあ、案内するよ」

愛想（あいそ）のよい方の子がそう言って私たちを促した。もう一人はそっぽを向きつつ、後ろからついてきた。

それにしても商隊には子どももいるんだな。

「あなたたちも商隊の一員なの？」

歩きながら尋ねると愛想のよい子の方が答えてくれた。

「そうだよ。ここの隊長に拾ってもらってね」

「拾ってもらって？」

あれ、両親が商隊の人とかではないのかな。

「ああ、僕ら孤児だったから」

さらりと告げられた意外と重い事実にびっくりして言葉を返せないでいると、今度は愛想の悪い方が、

「うちの国ではよくあることだ。ここの奴らはほとんどそんな感じだ」

とぶっきらぼうに言った。

「うちの隊長はお人好しで困っている人を放っておけないみたいでね」

今度は愛想のよい方が言った。

ここは隊長という人が困っている人を引き入れている商隊ってことかしら。アーキルやクミートもそうなのかな。

「さぁ、着いたよ。ここでリハーサルするんだ」

私が考えているうちに、いつの間にか目的地に着き、テントの中に立派なステージが出来上がっていた。

「じゃあ、僕たちも準備があるから、お客さんはその椅子にでも座って待っていて」

愛想のよい子は椅子を指さしそう言うと、片割れと共にステージ裏の方へと去っていった。

あの子たちも出るんだな。

私とアンは言われた通りステージ前に置かれた椅子に腰を掛けた。

準備のためか幕が下ろされたステージからはがやがやとした話し声、ガタガタ準備をしているような音が聞こえてくる。なんだかすごくワクワクしてきた。

そんな雰囲気を感じ取ったのか、籠の中のピヨが出せ出せとアピールしてきたので、出していつものように肩に乗せてあげた。

ピヨも目を輝かせているような様子でステージに目をやっていた。

やがて隊の関係者と思しき異国の人々がぽつりぽつりと現れはじめた。

そしてそんな彼らも席に着いた頃、さきほど外のステージで聞いたあの音楽が再び流れ始め、下りていたステージの幕が上がっていった。

そこには小さなステージで見た時よりもたくさんの楽器が並んでおり、演奏者も増えていた。楽器と人が増えたことで音の幅が広がり、先ほどよりもっと引き込まれる。

やがて先ほど小さなステージで見た踊り子衣装の女の人が現れてお辞儀をした。またベールをしているので顔はわからないが、再び見事な踊りを見せる。

その横には小さな二人の踊り子も現れ脇で踊っていた。こちらもベールで顔を隠している。踊り子は顔を隠すという決まりなのだろうか。

そして先ほどと同じく虎がのそりとステージに現れた。最初ほどではないが、やはりどきりとする。

虎は踊り子たちの横で優雅に跳躍し、まるで踊るような様子を見せる。その横にはアーキルがひっそりと佇んでいる。よく見るとアーキルと虎はアイコンタクトをとっているようだった。

やはりすごいな。あんな大きな生き物と完璧に意思疎通が図れているようだ。

音楽が止まり踊りも終わると、続いて出てきたのは女性だった。

出るところが出て引き締まるところは引き締まった魅惑的な美女は、剣を片手に優雅に舞ってみせ、またさらにステージへと引き込ませてくれた。

続いてアーキルが再び虎そしてあの時、肩に止まっていた鷹、蛇などの動物を引き連れて出てきた。

そしてアーキルが言っていたところの曲芸が始まった。

虎に輪をくぐらせたり、大きく跳躍させたり、鷹を旋回させ花びらを降らせたり、まるで前世のサーカスを見ているようなワクワクした気分にさせてくれた。

アーキルが頭を下げた時、あんまり興奮した私は立ち上がり大きな拍手をすると、それを見たアーキルの眉がぎゅっと上がった。うるさかったかしらと私は少し反省した。

ショーの最後は先ほどの踊り子と思われる女の人が出てきて、綺麗な歌声を響かせてくれた。

こうして終えた商隊のショーは私が想像していた何倍も何十倍も素晴らしいものだった。

ステージの幕が下りても私はしばらく拍手を止められなかった。

アンも同じような様子で二人で顔を見合わせて「すごかった」と言い合った。

そんな私たちの元にステージ裏からアーキルがこちらへと歩いてきた。

私はその姿にがーっと感情が高ぶり、

「ショーすごかった。もうなんかぶわ〜ってなって、うわ〜て感じで!!　アーキルたちの芸も本当に素敵だった！」

身を乗り出し拳（こぶし）を握りしめてそう語った。

「……騒ぎすぎだ。あんたは」

アーキルは私の熱量とは対照的にぶっきらぼうにそんな風に言った。

「だって本当に感動したの！」

なおも熱く語る私に、

「いや～、見てもらい甲斐があるな」

と別の声がかかったので、そちらに顔を向けると、そこにはステージで華麗に舞い歌っていた踊り子の姿があった。

ベールが上がり見えなかった顔もあらわになっているが、すごい美少女だ。ただどことなく見覚えがあるような。

そんな風に思いじっと相手の顔を見ていると、

「あっ、もしかして気付いてない？　俺、さっき会ったクミート」

と美少女がにやりと笑った。それは確かに先ほどの少年クミートだった。

「えっ！　男の子だと思ったけど女の子だったの⁉」

私が驚きの声をあげるとクミートがぶっと噴き出した。

「あはは、男であってるから。これはあくまでショーの衣装、俺の見ため的にこっちの方が似合うからこの格好なだけ」

「あ～、そうなんだね。間違ってたかと思って焦っちゃった、ごめんね」

謝って改めてクミートを見るけど、やっぱりどう見ても美少女にしか見えない。すごいな。

それに、

「クミートの歌と踊りもすごかったよ」

そう告げると、クミートはにっと笑って、

「ああ、俺って天才だから」

と胸をはった。

それから他の人についても教えてもらった。楽器の達人や剣で踊った美女など、この商隊にはすごい人がいっぱいだった。

話が一区切りしたところでアンが二人に、

「あの、先ほどはカタリナ様がご迷惑をおかけしたとのことですみません」

と頭を下げた。私も慌てて頭を下げる。

「いや、そちらこそ大変だね」

クミートがなぜかアンに同情した目を向けた。うっ、確かにアンにはたくさん迷惑をかけている自覚はあるが。

アンはその後、私の『わっーとなってすごかった』とかいう擬音だらけの褒め言葉と違ってちゃんとした表現で先ほどのショーを称賛し、私もこういう風に言えばよかったのかと勉強になった。

そうしているところへ、あの鷹が飛んできてアーキルの肩に止まり、アーキルが優しい顔になり鷹を撫でた。鷹はとても嬉しそうだ。

アーキルは動物と一緒にいる時、すごくいい顔をするな。

「とても懐いているんですね」

目の前にきた大きな鳥に驚きつつ感心したようにそう言ったアンに、アーキルは、

「卵から孵してからずっと一緒だから」

とぼそりと言った。鷹もその言葉がわかっているのかどこか誇らしそうだ。

そんな一人と一羽を素敵と思って見ていた私とは反対に、やきもちを焼いたのかピヨが私の肩の上で暴れはじめ、自分もアーキルの方へ行きたいというようなアクションを取りはじめた。

「えっ、ピヨ、またなの。また私よりアーキルがいいの？」

「ピヨ」

私の問いを元気よく肯定したピヨをアーキルにお願いすると、ピヨはアーキルの手に嬉しそうに移った。

そしてアーキルに撫でるように要求し、優しく撫でられご満悦な様子になる。

しかも肩に止まった鷹の方へどや顔している気がする。しかしされた鷹の方はてんで気にした様子はなくつんとしている。『自分たちの仲に入ってこられるはずはない』という風に。

目の前で展開されるまさかの鳥と人間の三角関係に呆然としていると、当事者であるアーキルが怪訝な顔で、

「なんだ？」

と聞いてきたので、私は今のピヨたちのやり取り、アーキルがその当事者であることを語った。

「さ、三角関係……そんなわけないだろう」

アーキルは呆れた顔でそう言った。クミートは爆笑している。アンは残念な目を私に向けている。

「で、でもどう見てもそういう風に見えたのよ」

私が頬を膨らましてそう返すとアーキルが笑った。

それまではしかめっ面か無表情ばかりだったので少しびっくりした。

アラブ系美少年の笑顔はなかなか破壊力のあるもので、鳥たちでなくても魅惑されそうだなと思いつつ、その顔をどこか昔に見たような不思議な感覚を覚えた。

なんだろう。こんな美少年、前に見かけていたら忘れないと思うのだけどと考えていると、

「お～い。アーキル、クミート、こっちの片付け手伝ってくれ」

ステージからそんな風な声がかかったので、私たちはそこで失礼することにした。

『自分はアーキルのところにいるんだ』というピヨになんとか籠に入ってもらい、

「明日の本番も必ず来るね」

と告げ、私たちはテントを後にした。

一瞬、覚えた不思議な感覚はすぐ忘れてしまった。

第二章　ムトラクの使者

「ジオルド様、イアン様がお呼びです」

僕、ジオルド・スティアートが公務の書類を片付けていると使用人からそのような知らせを受けた。

「イアン兄さんが？」

突然の二番目の兄からの呼び出しに戸惑いつつ、仕事を中断して向かう。

「ジオルド・スティアート。参りました」

イアンの仕事部屋にそう声をかけ入る。

一番上のふざけた態度の多い兄と真逆で、真面目(まじめ)を絵にかいたような二番目の兄イアンは、基本的に無表情が多いが、今、その顔は険しかった。

現在、国王夫妻は他国に外せない公務に出ておりしばらく不在である。

このような場合は兄二人で均等に国内の公務の責任を負っているのが常だが、もう一人の兄、ジェフリーも今、婚約者と共に別の公務で王都から出ている。ただこちらはできるだけ早めに戻る予定である。

それはこれから他国の使者が来る予定だからだ。それも今まで国交のなかった国からだ。

普通なら国王夫妻が出迎え、交流するのだが、今回はそうできなかった。

あちらが指定してきた日取りに国王夫妻が不在だったため、できれば違う日にとやんわり促したが聞き入れられず、強引に日取りを決めてしまったのだ。それもかなり急にである。

付き合いのある近隣諸国ならありえない話であるが、相手は位置的にも遠くソルシエとはまったく国交を持ってこなかった国、それを非常識と言おうにも、そもそもあちらの常識もわからない。

そのような国との交流を図らなければならないため、城では今、様々な準備に追われている。話が急だったため急がねばならず支度も大変だ。

そんな中での現在の責任者であるイアンの呼び出しに、この険しい表情。僕はすぐに面倒事が起こっているのだと悟った。

ジェフリーが何かトラブルを起こしてすぐに帰れなくなったか、それとも準備で何か不備があったのか、瞬時に色々なことが頭をめぐる。

そこでイアンが口を開いた。

「ムトラクの使者が予定より早くこちらへ到着しそうだ」

「……予定ではまだしばらくは後だったはずでは？」

少し詰まってしまった後にそう聞き返すとイアンはため息をつき、

「ああ、だが予定よりかなり早く国境を通過してきた。おそらくあと数日で王都に着くだろう」

と重々しい声で告げた。

強引に急な日取りを決めた上に、さらにそこより早くやってくるとは、どこまでも常識的ではない国だ。いや、もしかしたらあちらではそれも常識なのかもしれないが。

「よって使者を迎える準備をより早めることになる。それから、ジオルド、ムトラクの使者が到着したら相手を頼む」

イアンはそう言うとすごい勢いで書類を確認し、指示を出し始めた。

準備を進め始めていたとはいえ、来るのはまだしばらく先と考えていたため、まだ途中だ。相手をする予定だったジェフリー兄さんも不在。

本当に面倒なことになったと若干頭痛を覚えつつ、ムトラクの使者を迎える前に最低限の仕事を終わらせるべく執務室へと戻った。


数日後、報告に聞いていた通り、ムトラクの使者が予定より早くやってきた。

使用人に案内され、とりあえずムトラクの使者たちを通したという来客室へと向かい、途中で使者について使用人に尋ねる。

今回、新たに交流を持つために使者を迎えることとなり、その国について学んではいたが、その知識は十分と言えない。

なにより今回のムトラクという国はソルシエはもちろんのこと、どこの国ともほとんど交流していなかった国でありその情報はあまりにも少ない。

接する前に少しでも知っておかなければならない。といっても少し目にしただけの使用人から得られた情報はその服装や見た目などだけであったが。

そうして服装や見た目の様子を少し聞いたところで、使者が待つという来客室に到着していた。

部屋の中には、ソルシエの使用人とムトラクの使者と思われる者たちが待機していた。

ムトラクの者たちは聞いた通り赤褐色の肌で濃い髪色の者がほとんどだった。

そのような見た目だけなら近隣諸国にも存在するが、男性は頭に布を巻き付けており、女性はベールのようなものを被っている。

そうして顔や頭は覆っているが、着ている服は露出が高い。

暑い気候の国だと学んでいたので、そのためだろうと思うが、それにしても女性の服の露出の多さはこの国では考えられないようなものだ。

胸の部分を布で覆っただけで腹や肩は露出している。このような衣装、アランが見れば赤面しそうだな。

そんなことを考えながら、僕は前に進み出て、

「初めまして、ソルシエ第三王子のジオルド・スティアートと申します」

そう挨拶をすると、すっと一人の人物が歩み出てきて頭を下げた。

「初めまして、シハーブ・ワーキド・アーキル・カリフと申します。今回の使者団の代表を務めております。この度はソルシエ王族の方にお目見えすることができて光栄でございます」

僕は顔には出さないが内心驚いていた。名乗った彼はまだ幼さの残る少年のような容貌をしていたからだ。

僕より数歳は年下に見えるが、彼が代表とはどういうことだ。後ろにいる者たちの方が年上に見えるのだが、見た目が幼いだけかそれとも権力者の親族で大役を任されたのか。色々と思うところはあったが、今はそれを問いただせる関係ではない。

疑問はひとまず呑み込み、

「ムトラクの使者の方々は、はるばる遠いところからソルシエまでお疲れ様です。ただご予定よりかなり早いお着きでしたね」

とちょっとした嫌味も込めてそう言った。予定を無視してこんなに早く乗り込んできたのだ。そちらではマナー違反にならずとも、こちらでは非常識だと伝えないわけにはいかない。

「すみません。大国ソルシエへの憧れが強く、道中、気が急いたようで気付けばこんなに早く着いてしまいました。ご迷惑をかけ誠に申し訳ありません」

真摯な態度でそう申し訳なさそうに頭を下げる少年の様子に胡散臭さはなく、自分たちの行動が非常識であるというのも理解しているようであったので、その話はここまでにしておくことにした（もう少しいけすかない人物だったらもっと嫌味で叩いてやろうと思っていたが）。

「わかりました。謝罪を受け入れましょう」

僕の言葉に少年の顔がほっとなる。

「ありがとうございます」

そこから僕は改めて、ソルシエへの滞在などの確認を行った。

今回、ムトラクの使者は数日間、城に滞在しソルシエを見て回るという予定なのだ。

予定よりかなり早くなったが、内容はそのままで構わないかなど確認しておく。

シハーブ・ワーキド・アーキル・カリフはそれに異を唱えることなく同意を示し、これは思ったよりも面倒なことにならないのではないかと思い始めた頃だった。

「ではそのようにお願いします。それと今回、我が国からソルシエにご提案がございまして」

話が一段落した時、シハーブ・ワーキド・アーキル・カリフがそう言って後ろをちらりと振り返った。

するとベールを被った女性の一人が前に歩み出てきた。そして、

「ムトラク国の王女、ナハラ・ガザーラ・ワヒーダ・ムトラクと申します。この度、ムトラクとソルシエの友好の証としてソルシエの王族に輿入れさせていただきたく参りました」

そんな言葉を口にしたではないか。

ここで『はぁ!?』と思わず口にしなかったのは王族として育てられた教育と、あとは破天荒な婚約者に振り回されてきたお陰だろう。

僕はなんとか冷静な顔を保った。

「どうぞよろしくお願いいたします」

そう言って頭を下げる王女様に、僕は再び頭痛を覚えた。

面倒なことになりそうだ。

リハーサルのショーを見せてもらいテントを後にしてからもまだ時間があったので、その後は予定通りにロマンス小説の新刊を購入しにいった。ケーキ屋さんに寄る時間は確保できなかったのでそれはまた今度にした。

買い物をしていてもショーでの興奮が抜けきらず、アンと終始ショーの話をしっぱなしだった。

手に入れた新刊を手にうきうきと帰宅すると、お父様とキースも帰ってきていた。

私はさっそくキースに今日の出来事、主にショーの素晴らしさを語った。

「それで胸がこうブワーってなったの！」

私が拳を握りしめそう言うと、キースはにこやかに笑った。

「すごく楽しかったんだね。よかったね」

だいぶ熱く素晴らしさを語ったのだが、どうも思うようには伝わらなかったようだ。それなら、

「ねぇ、明日にそのショーの本番があるのだけど、キースももし行けそうなら一緒に行かない？」

実際に見てもらえば、キースにもあのショーの素晴らしさをわかってもらえるはずだ。

「そうだね。明日は特に用事もないから一緒に行こうかな」

「やった〜じゃあ、決まりね。皆で行きましょう」

「えっ、待って義姉さん、皆って？」

「マリアとメアリとソフィアよ。ショーが明日と聞いたから馬車に戻ってすぐに一緒に行けないか連絡したら、大丈夫だって連絡が返ってきたのよ」

「……そうなんだ。もう皆、誘ってたんだね。ところでこんな時には必ず一緒に行くと言い張るジオルド様は来ないの？」

「ああ、ジオルド様たちにも一応、声をかけたのだけど用事があるみたいで断られちゃったわ」

「えっ、そうなの！」

キースは驚いた声をあげたが、まぁ、ジオルドもなにげに王族だし公務とか色々とあるからね。ちなみにニコルも仕事が忙しく来られないそうだ。

皆、仕事を始めると大変だな。私ももうじき魔法省で働き始めるし、皆で遊ぶ機会も減っちゃうのだろうな。そう思うと寂しいな。

よ〜し、明日は皆といっぱい楽しもう！　そう決めて私は早めに眠りについた。

翌朝、目覚めるといい天気で、これならお出かけ日和だなと嬉しくなった。

気分よく出かける準備をしていると、キースがやってきて、

「義姉さん、ごめん。今日、急遽、城の業務に呼び出されて一緒に行けなくなっちゃった」

そう暗い顔で告げてきた。

「えっ、そうなの。残念ね」

あの素晴らしいショーをキースにも観せてあげたかったんだけど、仕事なら仕方ない。

落ち込んでいる様子のキースを、

「お土産を買ってくるからね」

と元気づける。

「ありがとう義姉さん……絶対に嫌がらせで仕事を押し付けられただけだと思うけど……頑張るよ」

言葉の間がぼそぼそと小声だったので聞き取れなかったが、とりあえず頑張るというのは聞こえたので『頑張ってね』と送り出した。

では私も女子チームとの待ち合わせ場所へ行くわよ！

私はアンと共に馬車で街へと繰り出した。

ちなみにまたアーキルに会いたいらしいピヨも連れていけという様子でついてきたため籠に入っていてくれるという約束で一緒に連れていく。

到着した街は昨日よりもずっと賑わっていた。きっと商隊の影響だと思う。お祭りみたいな雰囲気だ。

待ち合わせ場所にはもうメアリ、ソフィア、マリアが到着していた。

「ごめんね。待たせちゃって」

時間通りにはやってきたんだけど、優秀な友人たちは皆、時間前行動だったようだ。

「いえ。カタリナ様。楽しみで私が勝手に早めに来てしまっただけですので気にしないでください」

メアリが目をキラキラさせそう言えば、

「私もそうです。昨日からワクワクしてしまって早くから起きてしまったくらいです」

とソフィアが興奮したように言い、

「私もそうです」

とマリアも照れ臭そうに言った。

よかった。皆、商隊のショーをすごく楽しみにしてくれていたようだ。

「カタリナ様とお会いできるのが嬉しくて、これ私が育てたお花です。食べられるものなのでどうぞ」

「えっ、食べられるお花とかあるの！　メアリ、ありがとう」

「私もカタリナ様にお会いできて嬉しいです。これは新しいお薦めのロマンス小説です」

「おお、新しい小説！　ソフィア、ありがとう」

「私もしばらくはお会いできないと思っていましたので本当に嬉しいです。これお土産のお菓子です。嬉しくて少し作りすぎてしまいましたが、どうぞ」

「マリアの手作りお菓子！　しかもこんなにいっぱい！　マリア、ありがとう」

着いて早々に皆からのお土産で両手いっぱいになってしまった。

こんなちょっとしたお誘いにもお土産を持参してくれるなんて皆、女子力が高い。私も見習わなくてはいけない。

「皆、ありがとう。私も今度はお土産、ちゃんと準備するからね」

私がそう言うと皆は「カタリナ様は気を遣わないでください、私が勝手にしたことですので」というようなことを言ってくれた。私の友人たち、本当にいい子すぎる。

こうして、皆の素晴らしさを噛みしめたところで、商隊のテントへ向かおうという話になった。

私はもらったお土産を馬車の御者に預け、皆で商隊のテントへと向かった。

テントへ近づけば近づくほど賑やかさが増していく。

昨日は商隊の品物が売っているだけだったのに、今日は色々な屋台のようなものも出ていてより一層お祭りムードを作り上げていた。

出ている屋台の人々は商隊の人たちではなくソルシエの人々のようだ。

「屋台はソルシエの人たちがやっているのね。商隊とは関係なさそうなのになんでかしら？」

私がそう疑問を口にすると、

「他国の商隊が来るなんて珍しいことですから、皆が集まってくるのでそれを見込んで商売しようという人たちが出てきたんだと思います。他にも何か大きな催しがあるとこうして屋台を出す人たちも多いので」

と街の事情などに詳しいマリアが教えてくれた。

「へぇ～、そうなんだ」

前世では一般庶民な私だったけど、今は貴族令嬢なのでそういった事情には少し疎いのでこういう時マリアがいてくれると頼もしい。

食べ物の屋台が多く美味しい匂いが漂ってくるので、先ほど朝食を食べてきたばかりだというのについつい気になってしまう。

そんな私の様子に気付いたらしいメアリが、

「帰りに買っていきましょうか？」

とニコニコと言ってくれた。

「うん！」

えへへ、お土産にもできそうだし少し多めに買ってもいいよね。

お母様に見つかると『貴族の令嬢がはしたない』とか言って怒られるかもだけど。

ちなみにメアリやソフィアも貴族令嬢だけど、私が色々と引っ張りだしてしまっているために、すっかり慣れてしまい屋台でも普通に買い物をして食べられるようになっている。

なんだったらジオルドやアランもそうだ。

この事実がお母様にバレたら『カタリナの悪影響で』と下手したら倒れるかもしれない。よし、この事実はお母様には隠し通そう。

「わぁ、カタリナ様が言っていた商隊の売り物ってあれですね」

買い食いとお母様について考えていたらいつのまにかテントの近くまで来ていたようだ。ソフィアの楽しそうな声ではっと我に返った。

そこには昨日と同じく大きな敷物が敷かれ、そこに色々な商品が並べられていた。

昨日より範囲も広く、ものも増えているようだった。

「本当にたくさんのものがありますね。あんな布地初めて見ましたわ」

メアリがそう言って独特の刺繍のほどこされた布を示せば、

「あっ、あちらには書物があるみたいですね」

とソフィアが目を輝かせた。

「あちらでは異国の食べ物も販売しているみたいです」

マリアも興味津々といった様子であたりを見回した。

ここに並ぶのは異国のものばかりだから珍しくて気になるよね。

本当ならこのまま商品を見て回りたいところだけど、私たちの本日の一番の目的はショーを観せてもらうことなんだよな。私は皆に、

「そこのテントのところでショーの時間とかを確認してくるから少しここで待っていて」

と告げ、昨日入れてもらったテントの入口へと走った。

その入口に立っていたのは丁度いいことに昨日と同じおじさんだった。そのため私が、

「あの、すみません」

と声をかけるとすぐに、

「ああ、あんたは昨日の子じゃないか。来てくれたんだな」

そんな風に返してくれた。

「はい。友達も誘ってきました」

「おお、ありがとな。ならいい席を準備しておいてやるよ」

おじさんはにかっと笑ってそう言った。

おじさんにこちらの人数を伝え、開始の時間を教えてもらう。

時間を聞いていなかったので早めにやってきたのだが、開始まで少し時間があったようで、それまで売り物を見せて待たせてもらうこととなる。

「たくさん買っていってっていいぞ」

そう言って笑ったおじさんに、

「は〜い」

と笑顔で返し、「また時間になったら来ますね」と手を振って皆のところへ戻る。

皆のところへ戻るとアンに、

「突然行ってしまわれたので心配しました」

と言われてしまった。そう言われればその通りだ。

「ごめんなさい」

頭を下げた私に、メアリが、

「あの、先ほど話していた方とはお知り合いなのですが？　かなり親しくしていらっしゃいましたけど」

不思議そうな顔で聞いてきた。

「ああ、昨日、テントの中に通してもらった時にね。少し話したから」

「……えっ、それだけですか？」

ソフィアが目をぱちくりとした。

あれ、どうして驚いているんだろう？

「それだけだけど、どうしたの？」

私も不思議に思って聞き返すと、メアリが頭を押さえて、

「そうでしたわ。カタリナ様とはそういうお人でした。ちょっと話せば誰とでも簡単に親しくなれるような。このままではまたライバルが増えてしまうかも」

何やらブツブツ呟き、そして、

「カタリナ様、今日は久しぶりの再会ですし、ずっと一緒にいてくださいな」

と私の腕を取って、自らの腕を絡めてきた。

学園の卒業式以降はなかなか会う機会もなかったものね。

「うん。一緒に見て回ろう」

私たちは商隊の売り物を見て回った。

珍しいものばかりで見るだけでもすごく楽しかったので、時間はあっという間に過ぎ、いよいよショーの時間となった。

私たちはテントの入口へと向かった。

入口にはいつの間にか行列ができていた。どうやら昨日今日でショーのことを宣伝していたようだ。皆、ワクワクした顔で並んでいる。

私たちも皆と同じようにその行列に並んだ。

前世ではよくこんな風に友達とイベントとかに並んだものだが、今世では初めてなのですごくワクワクする。

「楽しみだね」「ワクワクするね」

などと話して待っていれば、入口へ到着した。

入口では先ほどのおじさんが案内をしていて、私を見つけると、

「お嬢さんたちの席はあそこだよ」

と案内してくれた。

案内されたのはほぼステージの正面の席で特等席だった。なんというか贅沢(ぜいたく)だ。

「ありがとうございます」

とおじさんにお礼を言って皆で席に座る。

「このような席、初めてですわ。近いですわね」

メアリが驚いたようにそう声をあげる。

私たちが劇を観にいくと特等席は上の方の個人席みたいな席が多いものね。

「なんだかドキドキしますね」

ソフィアはそう言って頬を染めて胸を押さえた。

「本当ですね」

マリアも同じように頬を染め頷いた。

「実際に始まるともっとすごいから」

いつもと違う雰囲気でもうドキドキしている友人たちに私はそんな風に声をかけた。

私はピヨの籠を膝の上に乗せ、少しだけ開けて見えるようにしてあげた。ピヨにアーキルを見せないと後で怒りそうだなと思って。

やがて用意されていた席がお客さんで埋まると幕の下りていたステージの中から音楽が流れ始めた。

そして幕が上げられ、たくさんの楽器と演奏者による演奏、そこでのクミートとアーキルの動物たちの踊りが繰り広げられる。

昨日より人数が多く、動きも大きい。そのスケールは数倍パワーアップしていた。

私はすっかりショーに引き込まれ、ほとんど瞬きも忘れて見入ってしまった。

やがて会場中から割れんばかりの拍手が沸き起こり、舞台の幕が下りていく。素晴らしすぎて本当にあっと言う間に終わってしまった。

私は自身も大きな拍手をしながら立ち上がる。横の友人たちの顔を見ると皆、頬を染め感動しているのがわかった。

うんうん。皆にもこの素晴らしいショーを見せられてよかった。

拍手が落ち着くと周りの皆、ショーの素晴らしさを口にし始める。

「素晴らしい演奏に歌声でしたわ。鳥肌が立ちました」

「踊りもすごかったです。踊り手の方、まるで羽が生えているみたいでした」

「あの剣を使った踊りも綺麗で、見惚れてしまいました。それからあの異国の動物たちの芸も見事でした。共にいる方と言葉が通じているようでした」

友人たちも興奮してショーの素晴らしさを語る。アンも昨日以上に目をキラキラさせていた。

「そうでしょう、そうでしょう」

私はまるで我が手柄のようにうんうんと頷いた。

そんなやり取りをしているうちに、

「これより片付けに入ります。ご退出願います」

と商隊の人から声がかかった。

周りの皆が席を立ち出口へと歩き始める。

私もピヨを籠に戻し、皆にならい退出しようとすると、

「お嬢ちゃんたち、よかったらこの後のお疲れ様会に参加していかないかい？」

と席まで案内してくれたおじさんが声をかけてくれた。

「お疲れ様会？」

「ああ、ショーの終わりは出演した者たちでいつもするんだ。簡素なものでまだ仕事もあるからほんの少しの時間だけだがな。ムトラクの料理はソルシエの子らには珍しいだろう」

おお、なんだか楽しそうな会だ。それにムトラクの料理も食べてみたい。

だけど……私はメアリとソフィアを顧みた。

マリアは平民なので上品と言えないお疲れ様会もそれほど問題ないと思うけど、貴族のご令嬢であるメアリやソフィアにはもしかしたら参加したくないものかもしれない。後、ついてきているお付きの人が駄目と言うかもしれない。

二人が無理であるのならそれはお断りして皆で、屋台で何か買えばいい、

「どうする？」

皆を振り返りそう尋ねると、

「私、参加してみたいです！」

ソフィアは目をキラキラさせてそう言ってきた。

そんなソフィアにソフィアのお付きの使用人はぎょっとしたが、ソフィアのキラキラした目と「駄目ですか？」という寂しげな声にしぶしぶといった感じで頷いてくれた。ソフィアの家族は末っ子のお願いに弱いみたいだが、使用人も同じようだ。

「私も興味深いのでぜひ出てみたいです」

メアリはそう言って微笑み、こちらもぎょっとしたお付きの使用人には否を言わせない不敵な笑みを浮かべて何も言わせなかった。

互いに正反対な方法でお付きの使用人に許可を出させた貴族令嬢たちと、

「私もぜひ参加したいです」

と言ってくれたマリアとで、皆でお疲れ様会に参加することが決まった。

ちなみに私もアンにお伺いを立てお決まりの『仕方ないですね』と了承を得た。うちのアンもなんだかんだで私に甘いのだ。

「商隊でのお疲れ様会なんて、小説の中みたい」

とぶつぶつと楽しそうに妄想しているソフィアを引っ張り、私たちはおじさんの案内でお疲れ様会の準備をしている場所へと向かった。

案内された場所には敷物が敷いてあり、そこにお皿なんかが並べられていた。ピクニックでお弁当を食べるみたいな感じだ。

ショーに出ていなかった商隊の人たちがせっせと準備をしている。私たちもなんとなくそれをお手伝いしていると、ショーに出た皆がやってきた。

舞台衣装を脱いでラフな服装になっているクミートが一番に寄ってきて声をかけてくれた。

「お疲れ様会に参加していくんだって、そう大したもんはないけど楽しんでいってよ」

「カタリナ様、その方は？」

「ああ、メアリ、この子は、さっき踊っていた踊り子のクミート。クミート、友人のメアリにソフィアにマリアだよ」

　私はそれぞれにそう紹介した。

　皆、あの踊り子が男の子だったことに驚きつつ、

「メアリです。踊りも歌も素晴らしかったです。まさか男の方だとは思いませんでした」

「ははは、よく言われる」

「マリアです。本当にすごかったです。歌、聞き惚れました」

「ありがとう」

「ソフィアです。あの舞に歌、異国の姫君のように美しくて、それでいて性別は男性だなんて、これは本格的に物語の中に入り込んでしまったのかと思ったほどですわ。それに――」

「はいはい。ソフィアストップ。激しく感動したのはわかったんだけどクミートが驚いているから」

　オタクの血が覚醒（かくせい）してしまったらしく興奮気味にクミートに迫るソフィアを押し止（とど）めて引きはがした。

　美少女に迫られ、やや頬を染めつつ引き気味だったクミートは、

「なんかわからないけど、褒めてくれたのはわかった、ありがとう」

　と返した。

　そしてクミートが他の商隊の人たちも紹介してくれた。

　剣を持って舞を踊ったスタイル抜群の美女はアルクスという名前で、なんとクミートと同い

年の女の子だった。まさかの年下、大人っぽくてびっくりだ。

舞台を降りたアルクスは話してみるとちょっと人見知りの女の子という感じでまた驚いた。見事な踊りを絶賛すると頬を染めて照れて可愛らしかった。

それからリハーサルの時に案内してくれた双子は明るい方がナシート、ツンツンしていた方がハーティという名前で、クミートと共にベールを被って踊っていたんだそうだ。あの踊り子はそうだったのかと驚いた。

そして入口で私たちを案内してくれて、このお疲れ様会に誘ってくれたのがこの商隊の隊長さんなのだそうだ。とてもお人好しで困っている人は放っておけない人なんだって。商隊の皆に慕われているみたいだった。

そんな風に皆を紹介してもらっているうちに、料理もそろい、

「皆、本日はよくやってくれた」

という隊長さんの合図で会は始まった。

会が始まると場は一気に賑やかになった。

ショーの時にも気付いていたけどこの隊の人たちはなんだかバラエティーに富んでいる。肌の色や服装、髪型など皆がそれぞれで統一性がない感じだ。もしかしたらムトラクの国の人たちだけで結成されているわけではないのかもしれない。

そんなバラエティーに富んだ人たちの中なので、ソルシエの私たちもそれほど目立たない。あまり派手な服装もしていないのでむしろ地味な感じだ。

それでも色んな人が話しかけてきてくれ、いつの間にか皆もそれぞれ楽しそうにその場に馴染んでいた。

アンは、最初は職業柄私の傍につくと言ってくれたが、『せっかくの場だから色んなところへ行って楽しんできて』と説得したら、少しだけ離れたところで商隊の人と熱心に何かを話している。

私もクミートや隊長さん、アルクスやナシート、ハーティの双子、それに他の隊員とも話したりして楽しんだ。

話が盛り上がってくると商隊の人たちのしゃべりは全員ではないけど訛りっぽくなってきた。

わけを聞くとムトラクの人は元々、そういうしゃべり方なのだそうだ。

ここまで普通にしゃべっているのはこの世界で言うところの『標準語』みたいなのを学んでそれを使ってるんだって、それでこんな風にだいぶ気が抜けると訛りが出てしまう人がいるようだ。

まぁ、かなり遠い国から来ているのだから訛りくらいあって当然というか、本来なら言語が違ってもいい気もするけど……そこはさすが乙女ゲームの世界であるからか、ただ単に制作スタッフの手抜きからか、何はともあれ言語が一緒で助かる。

そうして訛ってきた皆さんと話しながら、用意されていた食事や飲み物をいただく。

こちらでは見かけない珍しいもので、それも美味しかった。楽しい勢いに呑まれバクバク食べ、ガブガブ飲んだ。その結果、お腹がぐるぐるしてきた。

私って調子に乗るといつもこうだ。この辺は小さい時からいや前世から成長していない。

自らの成長のなさにため息をつきつつ、近くの人にトイレの場所を聞いて向かった。

なんとか迷うことなくトイレへ行き、事なきを得て、今後は少し食べたり飲んだりを自粛しようと考えつつ会場へ戻ると、盛り上がっている場の隅の方に知っている姿がポツンとあるのを見つけたので、そちらへ行って、

「アーキル」

そう声をかけると、アーキルが顔を上げ、私の顔を見ると眉(まゆ)を寄せた。

「なんでこんなはじにいるの？」

そう尋ねても、

「別に」

とそっけない返事だ。

クミートはあんなに人懐(なつ)っこいのにアーキルは反対だな。警戒心の強い子犬みたいだ。

昨日の最後には笑顔も見せてくれたんだけどな。やっぱり動物が一緒じゃないと駄目なのかな。あっ、そうだ！

「ちょっと待ってて」

私はそう言うと、一度、荷物のあたりに戻り籠を抱えてアーキルの元へと戻った。籠を開けると、

「ピヨ」

ピヨが元気よく飛び出してアーキルの肩に飛び乗った。そしてピヨはそのまま嘴をアーキルの頬にすりすりと寄せた。

アーキルの険しい顔が少し穏やかになる。やっぱり動物といるといい顔になる。

「本当に動物に好かれるんだね。まるで話ができているみたい」

そう言うと、アーキルは、

「昔からなんとなく動物の思ってることがわかるんだ」

とポツリと言った。

「おお、すごいのね」

まるで話ができているみたいと思っていたら、本当にできていたなんて！

驚く私になぜかアーキルも驚いた顔をして、

「そんなあっさり信じるのか？」

そんな風に言ってきた。

「えっ、嘘なの？」

「いや、嘘ではないが……こんなにすぐに信じる奴いなかったから」

後ろの方が小さな声で周りの音にかき消されて聞こえなかった。

「何？」

聞き返したけど、ぷいっと顔をそらされた。やっぱり人に懐かない子犬みたいだな（私はどんな犬でも嫌われるけど）。

「そうか〜思っていることがわかるから、動物とあんなに仲良くなれるんだね。あの虎とかも従わされているというより、友達の頼みを聞いてるって感じだったものね」

私がそんな感想を告げると、アーキルはぱっと顔をこちらへ向けた。

「従わされている感じじゃなかったか？」

なんだか強い視線を受けてそう聞かれたので、なんでこんな必死な風に聞いてくるのだろうと不思議に思いながらも、

「うん。全然、そんな風に見えなかった」

と答えると、アーキルは、

「そうか」

と口にし、どこかほっとした顔になった。なんだか少し気になったけど、そこは突っ込んではいけない気がしたので聞かず、

「でも動物の心がわかるっていいね。私もピヨの考えていることがわかれば、もう少し懐いてもらえるのにな」

アーキルの手の上で幸せそうにしているピヨをジト目で見つめながらそう言えば、アーキルが、

「いや、こいつお前にすごく感謝しているみたいだぞ」

と言った。

「えっ、感謝？　そうなのピヨ？」

ピヨを見てそう尋ねれば、

「……ピヨ」

『まあな』という風にやや横向きで答えてくれた。

アーキルに会ってから、私への対応がいまいちになっていたからてっきり愛想をつかされたと思っていたのに、

「ピヨ〜〜〜」

嬉しくてそう言って勢いよく手を伸ばしたが、羽でペチンとやられ、逃げられてしまった。

「えっ、ピヨ、どうして〜〜」

ショックを受ける私にアーキルがクスリと笑い、

「いきなりすぎなんだってあんた。もう少しゆっくりいってみろよ。こういう風に」

そうアドバイスしてくれた。

「そうなのね。わかったわ」

私はアーキルのアドバイスに従い、ゆっくり優しく手を伸ばした。

するとピヨは『仕方ないな』という風に撫でさせてくれた。

「できたできたよ。アーキル」

「よかったな」

アーキルがそう言って微笑んだ。

あっ、やっぱりこの顔、見たことある気がする。それは昨日も笑顔を見た時に感じた不思議

な感覚だった。

「あの、アーキルって前にソルシエに来たことある？」

気になってそう尋ねるもアーキルは「いいや」と首を振った。

う～ん、似た人と間違えているのかな。

ピヨを挟んだことで、アーキルのことも少し話してもらえて、話もしやすくなった。

私は動物と仲良くなるコツなんかを聞いてみた。

動物の話ということもあり、アーキルの言葉数も多くなって、雰囲気もやわらかくなってきた時、アーキルには挨拶をしていなかったメアリたちがこちらに気付いてやってきた。

メアリたちの自己紹介に挨拶こそ返したアーキルだったが、またあまり反応がなくなってしまった。雰囲気もまた警戒している感じに戻った。

さっきまでは違ったのだけど、もしかしてアーキルは人見知りなのかしら？

それとも突然、美女たちがやってきたので緊張してしまった？　何せソルシエが誇る美女たちだものな。私が男だったら緊張するかも。

結局、アーキルはすっと隙をついて私たちの元からいなくなってしまった。

段々と話が弾んできたところでご飯も話も途中だったのに、どこに行ったのかしら？　キョロキョロしたけど見つけられない。

私はもう一度、席を立った。自分も探すとばかりにピヨもぴょんと肩に乗った。

しばらく会場をウロウロしてみたけどアーキルは見当たらない。

本当にどこ行ったのかしらとピヨと顔を見合わせていると、同じように席を立っていた隊長さんに声をかけられた。

「お嬢ちゃん、どうしたんだい？　トイレかい？」

「あっ、いえ、トイレはもうお借りしたんです。その、アーキルと話をしていたんですけど、いつの間にかどこかに行っちゃったから気になって探してたんです」

私がそう話すと隊長さんは目をぱちくりとした。

「アーキルと話をしていたのかい？」

「はい。さっき、動物の思っていることがわかることとか教えてもらって」

私の言葉に隊長さんはなぜか目をパチパチした。

「あの～？」

返事のない隊長さんにそう声をかけると、はっとして、

「あっ、いや、あの子は隊の人間以外とはほとんど話をしないから驚いたんだ」

「そうなんですね。人見知りとかですかね」

「……そうだね。そんな感じなんだ。だから隊の者以外と話をできてよかったよ」

そうか初対面美女たちに緊張というより人見知りだったのか。

「それで、お嬢ちゃんはアーキルともっと話したいと思って探していたのかい？」

と隊長さんが聞いてきた。

「はい。まだ話が途中だったので……でも迷惑だったならやめた方がいいですか？」

美女に緊張したかと思ったけど、人見知りでもしかして私と話すのも大変だったとしたら、そっとしておいた方がよいかも。

「いや、動物のことまで話したのならお嬢ちゃんのことは平気なのだろう」

「そうなんですか？」

「ああ、だからもう少し話してやってくれ、アーキルの居場所は心当たりがあるから」

そう言って隊長さんはアーキルがいる場所を教えてくれた。


アーキルはお疲れ様会の場所から離れてテントの隅の方にいた。アーキルの肩にはあの鷹(たか)が止まっていた。

「アーキル」

そう声をかけるとすごく驚いた顔をされた。

「あんた、なんでこんなとこに？」

「隊長さんにアーキルはここにいるだろうって教えてもらったの」

「わざわざ、俺(おれ)を追っかけてきたのか？」

「うん。だってまだ話が途中だったでしょう？」

「……」

アーキルは何も返さず眉をきゅっと寄せた。でも戻れと言われなかったのをいいことに私は話を再開した。

再びアーキルに動物と仲良くなれるコツを尋ね、私はいかに犬に嫌われているか力説した。

私の犬からの嫌われ具合にアーキルは少し笑った。

そして私は結局、お疲れ様会がお開きになり、呼び声がかかるまでアーキルの隣で話を続けた。

★★★★★

「ピヨ、もういい子だから、こっちに来なさい」

「ピヨ〜〜〜！」

俺、アーキルは目の前で繰り広げられる女とひよこのやり取りを呆(あき)れて見ていた。

必死にひよこを連れて帰ろうとする女、カタリナとそれを拒むひよこの攻防はなかなか終結の兆(きざ)しを見せない。

「も〜、ピヨったらいい加減にしなさい。今日はもうお家(うち)に帰るのよ」

「ピヨ〜〜〜！」

ひよこがいやだいやだという風に小さな羽をばたつかせる。

「も～、わかったわ。じゃあ、また明日もアーキルのところに連れてきてあげるから、とりあえず今日は帰る、それでいい？」

「えっ、おい！」

何を勝手に明日の予定を決めているんだと俺が口に出す前に、

「ピヨ～～～」

とひよこが喜んで俺にすり寄ってきたので声に出せなかった。

こんな小さな生き物にこれだけ懐かれて無下にはできない。

仕方なく不満を持ってカタリナを睨(にら)んでみたが、彼女は気にした風もなく、

「じゃあ、明日も来るからよろしくね」

なんて言ってきた。俺は仕方なく、

「昼頃は忙しい。朝か夕方くらいなら大丈夫だ」

と自分の予定を告げていた。

カタリナはぱっと顔を明るくして、

「ありがとう」

と笑顔を見せた。

そんなカタリナが友人たちと去っていくのを見送っていると、またにやにやしたクミートがやってきて、

「ずっとあの子と話してたな」

なんてからかい気味に言ってきたが、無視してさっさと自分の住処に戻った。カーテンで仕切られただけのその場所で今後の準備を淡々と進める。

今はあんな女と仲良くしている場合ではないのだ。

元々、俺は人が苦手で、特に女は（商隊の者以外）近づくのも嫌なくらいなのだ。

それなのにあのカタリナという女にはまったく嫌悪感を覚えなかった。なんというか隣にいても不快ではなく、むしろ心地よささえ覚えた。まるで動物たちといるみたいに。

そうか、あの女は動物みたいなんだな。素直で裏表のない感じで――ってだから今はそれどころではない。

俺は頭を振ってまた準備にとりかかった。

「ジオルド様、この呼び出しは嫌がらせですよね」

僕、キース・クラエスがジオルド王子に呼び出され、開口一番にした発言はこれだった。

一国の王子にかなり失礼ではあったがどうしても言わずにはいられなかったのだが、

「何を言っているんですかキース。僕は忙しいから応援を頼んだのですよ。それを嫌がらせなんて被害妄想はやめてください」

胡散臭い笑顔でさらりとそう返された。

義姉ほどではないが、自分もこの王子とはもう長い付き合いだ。この胡散臭い作り笑顔の意味がわからないわけもない。

「自分が一緒に行けないからって、僕まで無理やり仕事に巻き込むなんて」

本日、義姉であるカタリナはメアリ、ソフィア、マリアと共に商隊で開かれるショーを観にいっている。

本来なら僕もそこに行く予定だったのだが、今朝になり突然、ジオルドに『仕事を手伝ってほしい』という名目で城に呼び出されたため、行けなくなってしまったのだ。

立場上、王子のこういったお願いが断りにくいというのを知っていての確信犯、王子という権力を最大限に使った嫌がらせである。

カタリナのことだからおそらく昨日、ジオルドたちにも声をかけたが『忙しいため行けない』となり、それなのに僕は行けるという情報をすぐに掴み、こうして声をかけてきたのだ。

その有能さをこんなことに発揮しないでほしいものだ。

「僕が忙しくてカタリナと会えない中で、カタリナと仲良く出かけようなんて許されませんよ。ただでさえ同じ場所に住んでいるのも気に食わないというのに」

ジオルドがニコニコした顔のまま本音をぼそりと吐いた。

完全に予想通りではないか。それに住んでいる場所は今更すぎるだろう。

「……それじゃあ、他の人はいいんですか？」

ソフィアやマリアは大丈夫として（いや、大丈夫と言い切れないものもあるが）メアリのアプローチはなかなかのものがあると思うのだが、そこはいいのかと漏らせば、ジオルドは、

「メアリは僕の力をもってしても引き止められなかったのです」

とどこか遠い目をして言った。

僕の頭に一瞬、メアリの高笑いする姿が浮かんだ。

メアリはジオルドと変わらないくらいに有能で、社交界で独自のつながりも持ったりしているのでジオルドをもってしても強敵なようだ。

僕にもメアリほどの力というか強い心があればなと思いつつ、もうここでいつまでもごねていてもしかたないとわりきった。

まだ遠い目をしているジオルドに、

「それで、僕は今日、何をしたらいいのですか？」

と尋ねれば、ジオルドは僕の方に向き直り、

「それなのですが――」

そう言ってかなり厄介なことを話し始めた。

ムトラクという国から予定より早くやってきてしまった使者と姫君。そして、なんとその姫をソルシエ王族に輿入れさせたいと言ってきていると。

もう聞いただけで胸やけしそうな案件で、関わらずにここで回れ右をして帰りたい気持ちに

なる。

　おまけに現在、国王夫妻は他国での外せない公務に出ておりしばらく戻らず、本来、このムトラクの使者を迎える予定だった第一王子も婚約者を連れ公務に出ており、まだ戻ってこられないという。

　またムトラクの使者が早く来すぎたため迎える準備もまだ完全ではなく、イアン王子の指揮の下に進めているが、なにせイアン王子は現在ソルシエ王族の責任者で多忙だ。ジオルドたちがそれをカバーする形で動いているとのことだ。

　元々の公務に面倒な案件、話をしたジオルドの表情には疲れた様子が見えた。

　そんな状態を見て幼馴染の友人として協力しないわけにもいかない。

「それでムトラクの使者と姫君は、今はどうされているのですか？」

　僕が一番気になることを尋ねると、

「とりあえず、準備した宿泊用の部屋にそれぞれ入ってもらっていますが、本日はソルシエを観光したいという姫と使者数名で城下へ出ています。こちらの護衛もいらないと颯爽と出ていかれましたよ。なんというかムトラクはかなり自由な国のようです」

　ジオルドがうんざりした様子で答えた。

　それは本当に自由な国だな。と思いつつ、脳裏には義姉の姿がぼんやり浮かんだ。そのお姫様、義姉さんと気が合いそうだな。そんなことを考えていると、

「それで夕方には城へ戻ってくる予定ですので、キースにはその方たちの案内やお相手などを

お願いします」

　ジオルドはさらりと言った。

「はぁ、なんで僕がそんなことを⁉」

　思わず敬語も忘れてそう叫べば、

「僕は忙しくてずっとお相手をする時間はありませんし、あちらは王族との婚姻を希望されていますが、あいにく僕にはカタリナという相手がいます。その点、君は婚約者もいない高位貴族の子息ですから、あちらの気を引くのにちょうどいいではないですか」

　ジオルドはとてもいい笑顔でそう言うと、

「では、よろしくお願いします」

と颯爽と去っていった。

　呆然（ぼうぜん）とする僕の元に、

「ジオルドからより詳しい説明をするように言われた」

とニコルがやってきた。


「――――というわけで彼らが戻る前にムトラクの作法などを大至急学び、俺たちで対応にあたる」

　ニコルは時折、手元の紙に目をやりながらどんどんと予定を告げていく。

　ムトラクという国は、ソルシエからの距離も遠く今までほとんど国を閉じていたため情報も少なく、僕もあまり詳しくない。

ちなみに今回のソルシエ訪問はムトラクからの要望であるが、それも少し前に急に告げられてきたものだったらしい。

しかもやんわりと断っても否と言い、予定を一方的に告げてきたとのこと。だから国王夫妻不在の時になったのだな。

そうして急な予定だったにもかかわらず、告げていた予定よりさらに早くやってくるなんてとんでもない国だ。

話がきてから迎える準備をしていたジェフリー王子がムトラクのことを調べて資料も集めてはいたが、それでもムトラクという国は自身の近隣諸国ともほとんど交流がなく、とにかく情報が少なかった。

国を閉ざしていたから他国の常識を知らないのか。しかしそんな国がなぜ突然、国交を結ぼうとやってきたのか、ジェフリー王子も調べていたようだが、まだ何もわかっていなかった。

そんなよくわからない国の使者と姫の相手をするなんて面倒すぎる。

「本当に面倒な役を押し付けられましたね」

僕がそうこぼすと、ニコルは、

「それもジオルドに信頼されているゆえのことだ」

そう返してきた。意外な答えに、

「どういうことですか？」

と尋ねれば、ニコルは淡々と答えた。

「今までまったく交流のなかった国からの急な連絡で突然やってきた使者、いくら正式に通達があったからといって怪しくないわけがないだろう」

「……それはそうですね」

まさに今、僕も思っていたところだ。

「そんな使者の相手をさせるのが誰でもいいというわけにはいかない。その内情も探りたいところだろう。ジオルドには兄王子たちほど強固な派閥もなく、信頼できる者もそう多くない。だからこそ俺たちに頼んだのだろう」

ニコルは変わらず淡々とした様子でそう語り、僕も納得したが、それとは別のなんとも言えないくすぐったさを感じた。

ジオルドに信頼されているか。カタリナを巡ってはライバルと言っていい相手ではあるが、確かに自分もジオルドという人物は信頼し、認めている。

伊達（だて）に八歳から一緒にいたわけではないからな。仕方ない。今回はしっかり協力してやるとしよう。

お疲れ様会がお開きとなり、私たちは商隊の皆に見送られてテントを出た。

「あ～、楽しかったわね」

私がそう口にすると、

「本当に、あんな風な会食は初めてでしたがとても有意義でしたわ」

「はい。ムトラクの物語についても色々と聞けて楽しかったです」

「ムトラクのお菓子の作り方も教えてもらいました」

友人たちもそれぞれそんな風に返してくれた。

アンもあの場で私が絶賛していた料理のレシピをしっかり聞いてきてくれたらしく、クラエス家の料理長にレシピを伝えておいてくれると言った。楽しみだ。

そして私たちは楽しい気分のまま、ムトラクのお店で工芸品やお菓子など買い物をした。

ただショーを観た他の人たちもたくさん買い物をしたようで、最初に見た時より品物はだいぶ減っていたけど。これがショーの効果というものなのね。

皆が思い思いの品を買い終えたところで、

「よしじゃあ、次は屋台の食べ物に行こう」

私がそう言って屋台を示せば、それまでニコニコ楽しそうだった友人たちの顔が固まった。

「カタリナ様、先ほどあれだけ食べたのに、まだお食べになるんですか？」

マリアがびっくり顔でそう言ってきた。

確かにさっきのお疲れ様会でも結構食べたけど、途中でトイレで出して……っとこれは乙女として下品だったわ。

「う～ん。さっきのはムトラクの食べ物だったし、屋台はソルシエのだからそこはまた別腹よ。気合を入れれば全然、いけるわ」

私が言い切ると、メアリが拳を握って、

「さすがカタリナ様ですわ。このメアリ・ハント、カタリナ様を見習ってソルシエの屋台は別腹と考え、私も気合を入れて頑張らせていただきますわ」

と宣言した。

アンが焦ったように、

「お、落ち着いてくださいメアリ様、お腹を壊してしまいます」

アンが焦ったようにそんな風に言ったが、今度はソフィアが、

「はっ、私ももうお腹いっぱいだから無理と思ってしまいましたが、気合が足りなかったのですね……気合を入れて頑張ります」

そう言ってメアリと同じように拳を握った。

「ソフィア様も落ち着いてください。気合ではどうにもなりません。お腹を壊してしまいますから」

アンがさらに焦った様子で言ってきたが、マリアも、

「気合、気合ですね。私も頑張ります」

とメアリ、ソフィアと同じように拳を握った。

「皆さん、雰囲気とカタリナ様のペースに呑まれています。どうか落ち着いてください」

アンはまだ説得を試みていたが、私たちはもう覚悟を決めた目で、

「よし、じゃあ気合を入れていくわよ」

そう言って戦いへ出向く戦士のように屋台へと向かった。


「うっぷ……じゃあ、今日はこの辺で解散にしましょう……うっぷ」

私がなんとかこみ上げるものをおさえつつそう言うと、

「そっ、うっ、そうですわね。今日はこれで、また今度に」

ハンカチで口を押さえたメアリが同意して、

「……はい。うぅ、そうしましょう」

うつむいたままソフィアもそう言い、

「……はい。うっ」

マリアも口とお腹を押さえつつ小さく声をあげた。

そうして皆で口を押さえつつ来た時と同じ場所で別れる。皆、お腹がパンパンなせいでゆっくりな動きでさよならをした。

私は馬車に乗り込み袋を手にしつつ、椅子(いす)に腰を下ろした。

心配するアンや従者に『大丈夫』とやや強がりを言い馬車を出発してもらったが、ガタガタ揺れが想像以上に満腹のお腹にきた。

これはまずい、食べたものが出てしまいそうだ。うぅ、もったいない。

それにこれもし私が物語のヒロインだったら絶対クビになるな。

実際、ゲームの主人公であるマリアは食べすぎで出すとかしそうにないもんな。まぁ、今日は私のせいもあり危ない感じだったけど。

「……うっぷ」

「カタリナ様、大丈夫ですか？　やはり止まって休んでいきましょう？」

アンがそう言って心配そうな顔をしてくれたが、

「……アン……わたし、もう……」

時すでに遅かった。止まってもらった馬車から飛び出す私をピヨがなんとも言えない顔で見ていた。

こうして私は物語のヒロイン枠をクビになった。

でも、私は元々、悪役令嬢でヒロイン枠ではないのだから問題ないのよ。少しすっきりした私は遠くを見つめながらそんな風に思った。

ちょっとしたアクシデントがありつつも、無事に屋敷に到着した。

私は先ほどの失態などなかったといった優雅な足取りで自室へ戻った。

そうして完璧に取り繕ったつもりだが、なんとなくお母様の目に疑いの色が見えてしまったのは疑心暗鬼だと思いたい。

「はぁ～。今日は楽しかったな」

ソファに深く腰掛けて、私は今日、買ってきたお土産をテーブルに広げた。

ムトラクの工芸品、布、お菓子、保存食などなどだ。

正直、こうして家に帰って冷静になってみれば、なぜこれを買ってきたのだろうというものも多い。

これは旅先の雰囲気でどんどんとお土産を買って失敗するというのをやってしまった気がする。

このムトラクの守り神という鳥の彫刻も買ったのはいいけど、どこに飾ろう。

彫刻を手にウロウロしていると籠から、

「ピヨ」

と声がきた。どうやらピヨが出してくれと言っているようだ。

「ほら、どうぞ」

私はアーキルに言われた通りゆっくり優しくピヨに手を差し出した。

ピヨは『少しはできるようになったじゃないか』というような目でこちらを見て手に乗って籠から出ると彫刻の横にちょこんと座った。そういえば昨日もこの彫刻に興味を持っていたな。

立派な鳥の彫刻に憧れているのかしら？

小さなひよこのピヨ、ただ普段見慣れているひよことはどこか違う。もしかしたら普通より立派なニワトリになれるかもだけど、こんな鳥にはなれないと思うけど、そう思いつつ、子どもの夢を壊すのも可哀そうなので、彫刻をじっと見るピヨを私は何も言わず見守った。

★★★★★

「ニコル・アスカルトと申します。本日はよろしくお願いします」

俺、ニコル・アスカルトはムトラクの使者たちを前に挨拶をした。続いてキースも、

「キース・クラエスと申します。よろしくお願いします」

そう挨拶をした。

初めて目にするムトラクの使者たちはソルシエではとてもありえない肌の露出度の高い服装をしていた。特に女性の服装はこちらの文化では下着のようにも見える。

そうして肌を露出させてはいるがその上には透けた薄いベールのようなものを纏い、また女性はベールで顔を隠し、男性は頭に布を巻いている。暑いのか寒いのかどちらだと問いたくなるような装いだ。

これも国土の多くが砂漠と呼ばれる灼熱の大地であるという影響なのだろうか。

なにせムトラクという国はソルシエからは遠く、そしてほとんど他国と国交を持たない国で

あったため内情はほぼ不明なのだ。

そのため、この服装の考察も当たっているかわからない。

またムトラクの姫君は『高貴な女性は親しい男性にしか素顔をさらさない』とジオルドに告げたのも真実なのかどうか判断できない状態だ。

正直、俺たちには声も出さず、こうして顔を隠している姫が実際に姫かどうかも確認しようがない。

だが、ムトラクの姫の顔自体知りえないのでたとえ見えたとしても、やはり判断はできないのだが。それでも、

「ニコル様、キース様、どうぞよろしくお願いします。今回の使者の代表を務めますシハーブ・ワーキド・アーキル・カリフと申します」

そう言って頭を下げた少年が、幼いながらしっかりした教育を受けているのだけはわかった。

まず仕草が違う。そして見知らぬ遠い異国でも臆している様子はない。

幼いからと侮(あなど)ってはいけないな。

「それでは、本日は改めまして城をご案内いたします」

俺は気を引き締めて、そう言って使者たちを導いた。

使者たちに滞在してもらっている宿泊部屋はジオルドたち王族が使用している場所からもっとも遠い場所においた。

完全に信用はできぬ相手なので、王族に危害を加えさせないようにするためだ。

こうして城を案内してはいるが、出歩く際はこちらの使用人に声をかけるように言い含めている。

ただこれまでの経緯でかなり自由な国であるのはわかっていたので、見張りもおいている。

そうして使者たちに城内でも当たり障りのない場所を案内し、その様子を探ったが、とりあえずおかしな点は見られなかった。

案内が終わり客室へ戻ってくると、

「出歩く時は必ず声をかけてください」

と再度言い含め、退出しようとすると、

「あの、昨日、お会いした王子様はどちらに？」

可憐な声でそう問うてきたのは、ここまで一言もしゃべらなかったベールを被り派手な衣装を着た女性だった。

他の使者たちの態度からその人物が姫であるとはわかっていたが、あちらから何も言ってこないので、こちらも特に話しかけたりはしなかった。

もしかしたらベールの素顔の件と同じく親しくない男性には話しかけないというルールがあるのかもしれないと思ったためでもある。ムトラクの文化がとにかくわからなかったからだ。

しかし、そうではなかったようだ。『ムトラクの姫、話はできる』俺は頭のメモにそう書き足した。

「王子殿下は公務中です」

　そう返した。

「会えないのかしら？」

　姫の甘いねだるような声に、

「今は忙しいので無理です」

　きっぱり返すと今度は、

「そう。それは残念だわ。ではいつになったら会えるのかしら？　これから嫁ぐことになるお方たちと交流を持ちたいの」

　そんな風に言ってきた。

　どうやら姫は本当にこちらの王族に嫁ぐ気満々のようだ。

「そのあたりはまた王子殿下に確認してからお伝えします」

　俺はそう言って姫の話を切ると、キースと共にさっさと部屋を後にした。

「ふぅー、なんだか疲れましたね」

　使者たちの部屋から離れるとキースがそのように言葉を漏らした。

「そうだな」

　俺も同感だった。不審な相手を探りながら相手をするのは疲れるものだ。

「基本的には友好的な感じでしたけど……でも」

　キースのその言葉の後ろを俺は読み取って呟いた。

「やはり何か裏がある感じがするな」

「……そうですね」

　彼らは気さくだった。そして友好的に話しかけてきた。ソルシエの文化や風習などを興味深いと言って聞いてきた。

　しかし、その目には何か違うものを求めている色が見える気がしたのだ。

　長年、貴族間での腹の探り合いをしてきたからこそわかるようになったこの感覚は意外と頼りになるものだ。

「彼らの真意を知るためにも、ムトラクという国についてもう少し調べてみる必要がありそうだな。キース、協力してくれるか？」

　そう問うと、幼馴染の友人は真剣な顔で頷いた。

★★★★★★

　今日の楽しかったことの余韻に浸(ひた)りながらだらけて過ごしていると、いつの間にか夜になっていた。

　私と同じくらいに出かけていったキースがようやく戻ってきた。

使用人から聞いた話では城に手伝いに呼ばれたというキース、帰ってきたその様子はだいぶ疲れてぐったりしていた。

「キース、大丈夫？」

「うん。大丈夫。少し疲れただけだよ」

キースは私に心配をかけまいとするように笑ったが、その笑顔はいつもよりぎこちなく、本当に疲れているのだとわかった。

「お仕事大変なの？」

「うん。ちょっと色々あって」

「私に何かできることはある？　疲れているなら肩でもたたこうか？」

キースのために何かしてあげたいけど、仕事を手伝えるわけでもない私がとりあえずそう提案してみると、キースは一瞬きょとんとした顔になり、そして微笑んだ。

「ありがとう義姉さん。じゃあ、少しだけお願いするよ」

「よし、任せて！　じゃあちょっと来て」

善は急げとばかりに私はキースを引っ張りキースの部屋に連れていき、ソファに腰かけさせた。

「じゃあ、いくわよ」

私はそう言うとキースの肩をもんだり叩いたりと本格的な肩もみを開始した。初めは、

「えっ、ちょっと、義姉さん、そんな、肩を叩くだけじゃあなかったの……」

とかなんとか色々と言っていたキースも次第に私の肩もみが気持ちよくなったようで、

「ふぁ……ふぅん……はぁ……」

といい声が出るようになってきた。

うん。キース、かなり凝っているわね。やはりだいぶお疲れのようだ。

前世ではそうでもなかったのだが、今世では長年の畑仕事で指に力がついたのか、今の私は意外とマッサージが上手かったみたいだ。新たな発見だ。

しばらくしてキースの凝りも少しほぐれてきたかなという頃に、部屋がノックされ、

「あの、お食事の時間になりましたが、よろしいでしょうか？」

とどこか遠慮がちに声をかけられた。

「おお、ご飯！　キース、食事に行きましょう」

私がそう声をかけると、キースは、

「……そうだね」

何やら火照った顔でそう返してきた。

おお、肩がほぐれて血行がよくなったのかしら、よかったわ。

そんな血行のよくなったキースと共に部屋の外に出ると、アンが扉の前で立っており、出てきた私とキースの顔をじっと見ると、

「カタリナ様、何をなさっていたのですか？」

と真剣な顔で聞いてきた。

「ああ、肩のマッサージをしてあげていたの。キースが疲れていたみたいだったから」

そう答えると、

「……肩のマッサージ……そうですか」

アンはどこか疲れた顔でそう呟いた。アンも疲れているのかな。今度、アンにもマッサージをしてあげよう。

キースたちと共に食堂へ向かい、皆で食事をとると、私たちはそれぞれ自室に戻った。

キースは明日も早くから城へ行かなければならないそうで、早めに休むという。

私は自室に戻り、ふと思った。キースがこんなに大変なら同じように仕事をしているであろうジオルドやアラン、ニコルも大変なのではないかと。

皆は優秀だけど、それでも無理をしすぎれば体調を崩したりしてしまうのではないかと心配になってきた。

特にジオルドは完璧王子なんて言われているせいか、我慢して頑張りすぎなところがあるからなおのことだ。

私がお城に行ったってなんの役に立つわけでもなく、下手したら邪魔にしかならないだろうけど、それでもこっそり顔だけ見て疲れにききそうなものを置いてこよう。

こうして私の明日の予定は決まった。

ジオルドやキースに何か力になるものを差し入れする。それからピヨをアーキルのところへ連れていってあげる。

第三章　差し入れ

翌朝、ピヨが騒いで私を起こした。

どうやら早くアーキルのところへ連れていけということらしい。

いや、そんな朝からと思ったけどアーキルは、昼は忙しいから朝か夕方にしろと言っていたわねと思い出し、はやるピヨのため早めに連れていってあげることにした。

お城へ行くというキースを見送り、私もピヨを連れ、アンと共に馬車に乗り込み、昨日と同じ道を行く。

ただピヨがあまりにも急かすので『少し急いでほしい』と頼んだら、御者のおじさんが本気を出してくれ、かなりの速度で馬車を走らせてくれた。

「アン。なんだか馬車、速すぎない？」

ガタガタと揺れる馬車の中、舌を噛まないように気を付けながらアンにそう問えば、

「カタリナ様が急いでくれと言ったからですね。それと今日の御者の方は元々、馬を走らせる競技出身の方だったので、そのあたりの血が騒いでいるのかもしれません」

と窓の外、遠くを見つめつつそう教えてくれた。

後半の情報を頼む前に教えてほしかった。というか御者のおじさん、あんな穏やかそうな顔してそんな競技とかに出ていたのか、人は見かけではわからないな。

そしてもう彼には絶対に『急いで』とは言わないでおこう。

御者のおじさんが昔の血を騒がせ、馬車を走らせてくれた結果、思っていたよりずっと早く街に到着した。

むしろ早すぎてほとんど人もいないし、テントの周りにもまだ誰も出てきていない。

おじさんは『やってやったぜ』的などや顔でいたけど、正直、もうあのスピードは勘弁してほしい。

私はまだ大丈夫だけど、アンはそのスピードと揺れに少し酔ってしまったようで顔色が悪い。

「私とピヨだけで行ってくるから、アンは休んでいて」

明らかに顔色の悪いアンにそう提案したが、仕事熱心なアンは、

「……カタリナ様だけ行かせるわけには……」

とすぐには納得してくれなかったが、テントはすぐ近くだし、ここは治安のよい王都の近くであること、いざとなればポチもいてくれるなどと説得してようやくＯＫをもらえた。

「早めに戻ってくるから」

とアンに言って私とピヨはテントへと向かった。

まだ早いせいかテントの入口は開いていなかった。

入口あたりで『すみません』と声をかければいいかな？　でも皆が奥で休んでいたら気が付かないかな。もしかして、夜が遅くてまだ皆、寝ているかもしれない。そしたら迷惑になってしまうな。これは早く来すぎたな。

先にお城に行ってから夕方にまたと思うが、ピヨが『絶対にアーキルに会う』というような意志の強い雰囲気を出していて言い出せない。

　誰か外に出ている人でもいればいいのだけど、そう思ってテントの周りを少し見渡していると頭にターバンを巻いた男性を発見した。これは間違いなく商隊の関係者だ。

　私はその人の元へ駆けていき、

「あの～、すみません」

　と声をかけた。

　ターバン姿の男性が振り返った。

「アーキル！」

　なんとドンピシャ、探していたアーキルその人であった。

「ピヨ～～～」

　ピヨが喜びのあまり飛ぶようにアーキルの元へ行った。

　そんなピヨを受け止めながら、

「お前ら、早すぎないか」

　アーキルが呆(あき)れた声をあげた。

「ピヨが早く早くって急かすから」

　私がそう言うと、ピヨが全身でアーキルに会えて嬉(うれ)しい様子を表現した。

　そんなピヨを見てアーキルは仕方ないなという風に笑った。

本当にアーキルって笑うと一気に雰囲気変わるよな。

でもなんでこんなところに一人でいたのかしら？

「アーキルはこんな早くから外で何をしていたの？」

そう尋ねるとアーキルは、

「……あぁ、少し用事があって」

とどこか歯切れ悪く答えた。

あまり追及してはいけない感じがしたので話題を変える。

「ピヨは本当にアーキルが好きね。アーキルはどんな動物もこんな風に誑し込んでしまうの？」

アーキルにスリスリしてデレデレのピヨを見つつそう言えば、アーキルは少し眉を寄せ、

「誑してはないから……でもこんなに好かれることはなかなかないな」

と返してきた。

「そうなの？　動物は皆、ピヨみたいにメロメロになるんだと思ってた」

「メロメロってなんだ？」

「え、え〜と、メロメロっていうのは（しまったこれ、前世の言葉だった）……とても大好きというような意味かな。ムトラクにはそういう言葉はないの？」

前世の言葉を使ったのをごまかしたいというのもあってそう聞けば、アーキルは少し考え込んで、

「……ラーニャムー」

と呟いた。

「らーにゃむー？」

聞き返すと、

「ムトラクで愛している愛しいという意味の言葉だ」

アーキルが淡々とした口調でそう教えてくれた。

「そっか、ムトラクにもそういう言葉があるんだね。ならピヨはアーキルにらーにゃむーだね」

「ピヨピヨ」

ピヨがそうだそうだという風に鳴いてアーキルに身を寄せる。

「いや、本当にメロメロね」

ピヨの懐きようにちょっと顔が引きつってしまう。

そんな私たちを見て、アーキルも、

「普段は少し懐かれやすいだけで、こんなにすり寄ってくるのは相棒くらいなんだが」

と少し不思議そうな顔をして言った。

「相棒って昨日の鷹？」

確かそんな風に呼んでいたような気がする。

「そうあいつは小さい時からずっと一緒だから、こんな風に寄ってくるけど、他でこんな風にくるやつはそういないな」

「そうなんだ。あっ、じゃあ鳥に特に好かれるとかなの？」

相棒も鷹だし、鳥に特に好かれやすいのかもしれない。ちなみに私は特に犬に嫌われる。

「いや、相棒は卵から孵して面倒をみているから特別なだけで、他の鳥は普通だぞ」

「じゃあ、本当にピヨだけが特別なんだ」

私の言葉にピヨが元気に、

「ピヨ」

と鳴いて同意する。

そんなアーキルばかり大好きなピヨの様子にちょっと意地悪心が芽生えた私はアーキルに、

「ちなみにアーキルはなんの動物が好きなの？　虎とか？」

と聞いてみた。

ピヨがなんてことを聞くんだという風にこちらを見てきた。

ここでアーキルがそうだと答えれば、ピヨはこちらを攻撃してきそうな勢いだったが、

「動物は皆好きだけど、特に鳥が好きだな」

とアーキルが答えたので、ピヨはすぐにご機嫌になる。

「それはあの鷹を育てたから？」

子どもの頃から一緒だって言っていたもんな。

「それもあるかもしれないが、もっと前から好きなんだ。なぜかは、わからないが」

そう語ったアーキルの穏やかな顔にまたどこか昔に見たような不思議な感覚が芽生える。

アーキルと接していると時々感じるこの不思議な感覚はなんなのだろう。

アーキルはこれまでソルシエに来たことはないと言っていたし、私もソルシエを出たことはないから前に会ったことはないはずなのに。

そんな不思議な感覚を抱えながら、私はまたアーキルを堪能するピヨと一緒に話をした。

動物の話は昨日たくさんしたので、今日は食べ物の話でもと思って話し出すとしばらくして、

「……おい、ずっと食べ物の話ばかりで聞いてるだけで胸やけがする」

と言われてしまった。

えっ、まだ王都のお薦め料理の各種とデザート、あとはお土産にお薦めの食べ物各種くらいしか話してなかったのに。

「えっ、まだこれからなのに」

「もう十分だ」

「じゃあ、なんの話がいいの？」

「なんの話って別に話なんて」

「あっ、じゃあ、友達の話にしようかな。アーキルも見たでしょう昨日の美女たちを」

「……美女って」

「私の友達すごい綺麗だったでしょう」

「……まぁ」

「でしょう。それに可愛(かわい)いだけじゃなくてすごくいい子たちなんだよ」

そして私は友人たちの素晴らしさを熱弁した。

「私、本当に周りの人に恵まれてるんだ。今、話した友達もそうだし、家族も、義弟もお父様も優しくて、お母様も少し怖い時もあるけど私のために色々と考えてくれるし、私、幸せ者なのよ」

と自分ののろけをしまくってしまい、その流れで、

「アーキルの家族は？　兄弟とかはいるの？」

そう聞いて、それまで微笑(ほほえ)ましいという顔で私の話を聞いてくれていたアーキルが目をぱちくりとして言葉に詰まったことで、はっと思い出した。

そうだ。ここに来た日、ナシートとハーティの双子がここの人たちは孤児や居場所がない人が多いと言っていた。

アーキルがあまりに穏やかな顔で私の話を聞いてくれていたから、そんなことも忘れて聞いてしまった。私ってなんて配慮が足りない女なのだろう。

「あの、アーキル……」

私が何か言う前にアーキルが声を出した。

「……俺(おれ)は血のつながりのある奴(やつ)らとはほとんど交流がない。俺もあちらも互いに自分たちを家族だとは思ってない。でも家族っていうなら俺には商隊の奴らがいる。あいつらが俺の大切な家族だ」

そう言ったアーキルの瞳には悲しみはまったくなく、キラキラ輝いていた。

私は今世で十七年生きて『血がつながっていればそこに必ず愛情が生まれるわけでないこと』も、『逆に血がつながっていなくても絆も愛情も生まれること』も知っていた。

義弟のキースがまさにそうだ。お父様もお母様も私もキースを大切な家族だと思っている。

「商隊の人たち、アーキルをとても大切にしてるものね。アーキルも素敵な家族に恵まれたね」

そう言うと、アーキルが、

「ああ、そうだ。あいつらは俺の自慢の家族なんだ」

と嬉しそうな顔をした。

それからアーキルの自慢の家族について教えてもらった。

お人好しの隊長さん、実はおせっかいで口のうるさい美少女顔の幼馴染に、踊りは上手いけど他がからっきしできない世話の焼ける幼馴染、よくけんかする手のかかる双子。そんな家族の話をアーキルはどこかくすぐったそうにそれでいて誇らしげに語った。

アーキルは人見知りであまり商隊の人たち以外とは話せないと隊長さんから聞いたけど、それでも人を受け付けないという感じではなかった。

無愛想だけど優しくて親切で、アーキルが血のつながった人たちとは交流がない生活でもこうしていい子に育ったのはここの家族がいてくれたからだろう。よかったねアーキル。いい家族に恵まれたのね。

そうして話をしているうちに時間は過ぎてしまった。

気付けばかなり上の方に来ている太陽にアーキルが、

「そろそろ仕事の時間だ」

と言い、私たちもお暇することにした。

ただやはりピヨがごねるごねる。これだけずっと一緒だったんだからいいでしょうと思ったが『まだここにいる』『ひと時も離れたくない』という感じで恋する乙女のように主張してきて困ってしまう。

「さすがに仕事中ずっと預かるのは無理だ」

アーキルにもそう言われものすごくシュンとしたピヨが可哀そうになり私は、

「アーキルは夕方も大丈夫なのよね？　また夕方に来ていい？」

と聞いてみた。

図々しいとは思いつつもアーキルもピヨのことを気に入ってくれているようなので駄目もとでお願いしてみると、アーキルは仕方ないなという顔をして頷いてくれた。

私はそれで機嫌の戻ったピヨを連れてアンが待ってくれている馬車へと戻った。

そして馬車酔いから無事回復していたアンと共に、街で皆への差し入れをいくつか購入してお城へと向かった。

御者には今度は安全運転をお願いした。

★★★★★★

俺、アーキルは、去りゆく一人と一羽の背を見送りながら、胸に残った温かなものに一人感じ入っていた。

商隊の皆の話を今日のように人に話したのは初めてだった。

そもそも商隊の皆にしか心を許していないので、あのように長く他者と話をしたのも初めての経験だった。

人は怖い、信用できない。そんな強い思いを抱え動物と商隊の皆以外を拒絶して生きてきた。取り入ろうと寄ってくる人間は特に強く拒絶した。

それなのにあのカタリナという女はまるで水が大地に染み込むようにすっと俺の中に入ってきた。

初めて会った時から嫌悪感をまったく覚えなかったが、どんどんとこられても平気だった。

裏表のない動物のような雰囲気だからだろうか、一緒に来る小さなひよこがすごく懐いてくれているからだろうか、また来ると言われて「嬉しい」とも思ってしまった。

商隊の皆以外の誰かにこんな風に心を許す日がくるなんて思わなかった。不思議な気分だ。

俺にとって信じられるのは商隊の皆だけだったから。

俺は皆と同じように隊長に引き取られたが、行き場がなかったわけではない。

まったく望んだわけでもない居たくない場所が俺にはあるのだ。

俺の本来の名はシハーブ・ワーキド・アーキル・ムトラク。現ムトラクの国王の三人目の王子として生まれた。

王族に代々伝わる『動物を操る』という能力（昔から動物が好きだった俺は無理やり従わせるその能力が嫌いではあった）が強かった俺は、物心つく前から父親である国王には『よくできた道具』としてこき使われていた。

側妃の一人である母親にはほとんど会ったことはない。彼女は俺を産み落とすと役目を終えたとばかりに遊び歩いてよりつきもしない。ただ王の覚えがよいと聞くと『その調子で王の言うことを聞け』という言付けを送ってくるだけの関係だ。

能力を残すためということで国王は大勢の妃や愛妾を抱えているため、腹違いのきょうだいはたくさんいたが、皆、ライバルとして扱われるため交流などない。

むしろ能力が高く王の覚えのいい（という名の使い勝手のいい道具の）俺は腹違いのきょうだいたちからは嫌味を言われ、時には嫌がらせを受ける日々だった。

すり寄ってくるのは俺をわが手にしたいような者たちばかりだった。そんな中でもほんの幼かった時に大人の女性が迫ってきたのには吐き気を覚えた。

気付けばすっかり人が怖くなり特に女性は怖くて仕方なくなってしまっていた。

そんな俺に転機が訪れたのは、王族も参列するある催しが開かれた時のことだ。

隊長率いる商隊がメインとなり行われたショーのすごさに俺はすっかり心奪われ、普段では考えられない行動にでた。

こっそりショーの後に商隊のテントを訪れたのだ。

当時、人が怖く引きこもり気味の俺がそんな行動をするのはとても勇気を必要とすることだった。もし行った先で『帰れ』と告げられていたならもう二度と行くことはできなかったであろう。だが、隊長を始めとする皆はあっさりと俺を受け入れてくれた。

初めて人の温もりを知り、大切にされるということを知った。俺はすっかり商隊に入り浸るようになっていた。

商隊の皆のことは怖いと思わなくなり、話すことも苦にならなかった。心から笑うこともできるようになった。

それで十分だったのに——他に商隊のことを話せる人物ができたのはなんだかすごく嬉しかった。

商隊のことを話せて、その家族を素敵だと言ってもらえて、胸が温かくなった。

商隊の皆と一緒にいる時とまた違う、なんとも言えない幸福さをあのカタリナという女の傍で覚えた。

気付けば俺は彼女がまた来るのをとても楽しみにしていた。

差し入れを購入して馬車に揺られることしばらく、お城へ到着した。

ジオルドの婚約者、クラエス公爵家令嬢として私の顔はそこそこ知られているので、ほぼ顔パスで城内へと入る。

ただ今日は入る時『普段出入りされている場所以外は行かないでください』と言われたのはキースが言っていた色々という何かのせいかもしれない。

さて、疲れているであろう皆のために買った差し入れを手にしてやってきたけど、どこに行こうかしら。

キース、ニコル、アランはどこで仕事をしているのかわからないが、ジオルドが普段、仕事をする時に使っている部屋なら知っていたので、まずはそこから向かうことにする。

アンと共に静々（しずしず）とちゃんとした貴族のご令嬢のように礼儀正しくジオルドの元へと向かう。

しばらく歩いてジオルドの執務室へと到着した。外で待機するというアンに『すぐ戻るわね』と告げ、扉をノックすると、

「どうぞ」

とジオルドの短い声が返ってきた。

「失礼します」

私がそう言ってドアを開けて中へ入ると、

「えっ、カタリナ⁉」

ジオルドが驚いた顔をして椅子から立ち上がった。

「どうしたのですか？　何か用事ですか？」

立ち上がりそのままこちらへと寄ってきたジオルドがそう聞いてきた。

「あの、キースから、ジオルド様たちがすごく忙しいみたいだと聞いて、心配になって少しだけ様子を見にきてみました」

私が答えると、ジオルドはまた驚いたように目を見開き、そしてふわりと微笑んだ。

「そうですか、心配で様子を見にきてくれたのですか」

「はい。特にジオルド様は無理なさるから大丈夫かなと思って、差し入れも持ってきたのでこれを食べて……ってジオルド様、大丈夫ですか？」

言ったそばからジオルドが顔を伏せてしまったので、具合が悪くなったのかと焦ったが、

「……その大丈夫です。ただちょっと見せられない顔になってしまって……いえ、なんでもありません」

との言葉が返ってきたので、とりあえずは大丈夫と判断し、ジオルドが顔を上げるのを待った。

しばらくして顔を上げたジオルドは、

「……その、わざわざありがとうございます。こちらへどうぞ」

そう言うと流れるようにエスコートして私を部屋のソファへと腰かけさせ、自分もその横へと腰を下ろした。

どうやら今は一人で仕事をしていたようで他の人はいなかった。

「あの、お忙しいのにお相手してもらわなくても大丈夫です。差し入れだけ置いて帰りますので」

ジオルドに気を遣わせてしまったかと思ってそう言ったのだけど、

「カタリナとこうしていると疲れが取れるんです。少し付き合ってくれませんか？」

まるで子犬のような目でそんな風にお願いされてしまい、

「わ、わかりました」

と返してしまう。

腰もしっかりホールドされていてなんだか照れるなと思っているところに、ジオルドの手が頭にも伸びてきてなでなでされた。

えっ、どういうこと？　なぜになでなで？

「疲れが取れます」

ジオルドは私をなでなでしながら、そうポツリと漏らす。

これはあれか、私がポチやピヨをなでなでするとと癒されるやつと同じやつか。アニマルセラピー的なやつか。

ジオルドがアニマルセラピーを必要とするなんて、本当に疲れているんだな。

しかし、さすがジオルド、頭なでなでも心地よい。

これは私も同じようにできればさらにジオルドの疲れを取ってあげられるのではないか。そう思った私は少し立ち上がってホールドされていない方の手でジオルドの頭になでなでで返しをした。

するとジオルドの頭なでなでが止まり、そのまま腕の中に抱き込まれ、

「カタリナ、また忘れてしまっているようなので告げるけど、僕は君のことが好きな男なんだよ。あまり気軽にそのようなことをされると我慢できなくなる」

そう耳元で囁かれた。

かっーと顔に熱が上がる。

そ、そうだった！　以前、誘拐された際にジオルドに私が好きだと告白されていたのだ。その後に色々とバタバタがあり、つい忘れてしまっていた。

「あ、あの、ジ、ジオルド様」

前世も今世も恋愛経験ゼロでまったく耐性のない私は、美形王子様の腕の中であわあわと狼狽える。

「このまま、腕の中に閉じ込めて攫ってしまいたいな」

そんな甘すぎる台詞をまた耳元で吐かれて、もう頭が沸騰して倒れるんじゃないかと思った時、

「すみません。ジオルド様、使者の件でイアン様からお話があるとのことです」

ドアの向こうからそのような声がかけられた。

ジオルドが大きくため息をついた。

「いいところだったのに」

ジオルドはそう呟くと私を腕から解放した。

「ふふふ、顔、真っ赤で可愛いですね」

そう言って笑ったジオルドの顔はいつものものに戻っていて、恥ずかしかったけど少しほっとした。さっきまではまるで知らない男の人みたいにも見えて、どうしていいのかわからなかったから。

そしてジオルドはなんと私の頬にキスを残して、

「では、いってきます」

と颯爽とお仕事へと戻っていった。

私はしばらくそこで固まってしまった。

乙女ゲームの攻略対象、恐るべし。


なんとか無事に復活した私はお城の使用人からキースとニコルが図書室で調べものをしているという情報をゲットし、そちらへと向かうことにした。

図書室を訪れると情報通りにキースとニコルが調べものをしていた。

私が声をかけると二人は驚いた顔をした。

「昨日、キースがすごく忙しくて疲れているって言っていたから心配になって、少し様子を見て差し入れだけさせてもらおうと思って」

と説明をすると、二人は笑顔になって、

「義姉さん、ありがとう」

「カタリナ、ありがとう」

と言ってくれた。

顔も見られたし、差し入れもできたしすぐに立ち去ろうと思ったのだけど、

「そう言えば義姉さんはすぐここにきたの。それとも別のところにも寄った？」

キースがそんな風に聞いてきたので、

「ここに来る前にジオルド様のところにも寄ったわよ。すぐに仕事に呼ばれて行ってしまったけど」

まぁ、ちょっと攻略対象のすごさを見せつけられたりしたけど……うっ、思い出すとまた顔に熱が上がりそう。そんな私をじっと見てキースが、

「ジオルド様に何かされた？」

なんてことを聞いてきた。

いや、キース、あなたはエスパーなの？　人の心が読めるの！

しかし、ここで素直に抱きしめられて口説かれて、頬にキスもされました。なんて言えるわけない。恥ずかしすぎる。というか思い出すだけでもわ～となるのに、口になんてできるわけない。

「な、な、なんにもないわよ」

とごまかすが、キースは頭に手を当てため息をつき、きっと眉を吊り上げた。

「義姉さんは無防備すぎる。もっと男に対して危機感を持って接しないと！」

「……はい」

いつもだったら過保護だと流してしまうキースの小言も、先ほどのこともあり素直に頷いておく。その後も色々と注意され私は粛々とキースの言葉に頷いた。

こうして義弟を労いにきたら、お説教されることとなり、なんだか遠い目になっていると、それまで黙って私たちを見守っていたニコルが話しかけてきた。

「ジオルドはまだだいぶ書類仕事が残っていたと思うのだが、何に呼ばれたんだ？」

「はい。使者のことでイアン様からお話があるって」

あの時に聞いたままそう答えると、キースの顔が曇り、心なしかニコルの顔も（ほぼ表情が変わらないのだが）曇ったように見えた。

「あの、お仕事、急に忙しくなったようですし、何かあったのですか？」

気になってそう尋ねると、ニコルとキースは顔を見合わせた。

あれ、もしかして気軽に聞いてはいけない話だったのかしら？　じゃあ、聞かなかったこと

にしてこのまま去ろうかと思ったが、

「実は予定より早く他国の使者が訪ねてきて城に滞在することになり、慌ただしくしているんだ」

　ニコルがそう教えてくれた。

「他国の使者が滞在ですか？」

「警備的なこともあるため内密で頼む」

　そうだよね。他国の使者に何かあったら大変だものね。

「はい。でも早く来てしまう使者なんて慌て者っぽいですね。どこの国の使者なんですか？」

「ムトラクという国でソルシエからはかなり距離のある国で、今まで交流もなかったところなんだ」

　ニコルの答えに私は目を見開いた。ムトラクって――。

「ムトラクってあの商隊の!?」

　私がそう声をあげるとニコルとキースが驚いた様子で、

「知っているのかカタリナ」

「知っているの義姉さん」

　とがっと食いついてきた。

　そのあまりの食いつきぷりにやや引きつつ、

「……うん。この三日続けて行ってきた商隊の人たちがムトラクの人で、ピヨが中に入ってしまったのがきっかけで知り合ってショーに誘われたりして仲良くなったの」

と説明した。

キースには商隊とショーの話だけはしてあったので、

「そうか、そういうことだったのか」

と納得していた。『異国の』と説明するのを忘れていたのでキースはソルシエのものだと思っていたようだ。

「まさかカタリナがムトラクの者たちと交流しているとは思わなかった」

しみじみとニコルが言う。

「運よく仲良くさせてもらえただけです。みんないい人で、ショーのお疲れ様会にも参加させてもらってムトラクのご飯やお菓子もいただいてしまって」

「えっ、義姉さん、そんなことまでしてたの！　まさかまたそこでも誰か誑し込んで――」

キースがくわっと目を開いて何か言おうとしてきたのに、ニコルが声をかぶせてきた。

「さすがカタリナ、短時間でだいぶ仲良くなっているようだな。そんなカタリナに頼みたいことがあるのだが、ムトラク人について知ったことをなんでもいいから教えてくれないか。ソルシエは今までムトラクと国交を持ったことがまったくなく情報が足りないんだ」

「そうだったんですか！　わかりました。私でお役に立てることなら頑張ります」

私はポンと胸を叩いてそう答えた。

しかし、ムトラクとソルシエは今まで国交がなかったのか、どうりで商隊の皆もソルシエは初めて来たと口にしていたわけだ。

「では、まずその商隊とやらだがどんなものか教えてくれ」

「はい。なんでも国が所有する商隊で、他にもいくつかあるみたいです。あの隊は隊長さんが良い人で居場所がない人たちを仲間にしているそうなんです」

など私はアーキルや他の皆に聞いた話を話した。

「そういうものなのか。ところで商隊の中には他とは違う特別なスペースのようなものはあったか？」

「特別なスペース？　どういうことですか？」

そう聞いた私にニコルが今回の使者の中には王族がいて、使者、王族共に商隊とこの国にやってきたのだという話を教えてくれた。

まさか使者だけでなく王族まで来ていたとは驚きだが、

「だいぶウロウロしましたが、そんな感じの場所は見かけなかったし、王族の人の話題なんて皆からも聞かなかったですけど」

あの場所や商隊の皆にあったのは誰でも平等という雰囲気で、とても貴族とかが入っている風には感じなかった。

ただあえてあげるなら、アーキルが彼自身だけが少し商隊の皆に遠慮している感じがしたというくらいだろうか。でもそれをここで言うのも違う気がしたので口をつぐんだ。

私はその後も、アーキルと商隊の皆に聞いたムトラクのことを話した。

主にご飯のこととか珍しい動物のこととかだ。

そうして私の話を聞いた二人は、またムトラクについて調べて王族と使者の対応に向かうとのことだった。

「カタリナ、商隊の者たちにはここでのこと、君の身分は話さない方がいい」

ニコルにそう言われて、私は頷いた。

「そうですよね。あちらも貴族令嬢とか今更気を遣うと悪いですしね」

絶対、貴族の令嬢だと思われていないからな。

「じゃあこれ、差し入れを置いておきます。お仕事頑張ってください」

私はそう言ってきびすを返した。

「カタリナ」

「はい」

呼ばれて振り返るとニコルが真剣な目を向けていた。

「くれぐれも気を付けろ」

「……あ、はい」

なんだかニコルの雰囲気に呑まれてそう返事をしたけど、何にだろう？　といまいちわからなかった。

★★★★★

「ジオルド、すまないな」

イアン兄さんは疲れた顔で僕にそう言った。

使者自体の対応こそ僕がほとんど引き受けてはいるが、それ以外の準備もろもろはすべてこの兄が回しているのだ。それもただでさえ多い公務と両立してだ。

ジェフリーとイアンは同じくらい有能であるが、ジェフリーが適当に手を抜くのに対して、イアンの方は真面目で何事にも全力なところがある。

よってイアンはこうして仕事を抱え込んでも手抜きなどせずその分、疲労も大きい。

ジェフリーの手抜きに対して非難の声があがる場面もあるのでどちらがいいとは言えないのだが、ただこういう突発的な事態にはイアンよりジェフリーの方が向いていたかもしれない。

というかそれを見越して今回はジェフリーがムトラクの使者を迎える予定だったのだろう。

それがまさかの予定を無視してこれほど早くやってくるなんて。疲労困憊のイアンの様子に少しでも負担をかるくできればと思う。

「ムトラクの使者だが何度も注意しても城や城下を動き回って好き勝手しているようだ。国民性なのかもしれんが、まったく交流もなかった我が国への突然の訪問に続き怪しいが、今のところ特に不審な点は見当たらない。ジオルド、お前の方でなにか気にかかる点はないか？」

イアンがムトラクの使者を不審に思い探っていることは気が付いていた。

僕も同じ思いで探ってはいたが、

「城、城下を散策しているのは、初めてのソルシエに浮かれているという風で、姫の輿入れのために文化を知るという名目のようです。特にこそこそする様子もなく堂々と回っており、僕の方でも今のところ気にかかる点はありません」

と話すとイアンはこくりと頷いた。

「そうか。色々と思うところはあるが、とりあえず正式な訪問状を送ってきてやってきた使者だ。いまのところ邪険にはできない。歓迎会も予定通り行う予定だ。あちらにも伝えておいてくれ」

「はい。わかりました」

自由奔放で好き勝手振る舞う使者たちに姫。正直、もう早々にムトラクへ帰ってもらいたいものだ。

それに姫については突然、こちらの仕事場に押しかけてきては付きまとったり、『嫁入りしにきたのだから共に過ごす時間が欲しい』と主張してきたりしてこちらの時間をどんどんと奪ってくれており非常に迷惑している。

「そう言えば、今、使者や姫の相手は誰がしているのだ?」

「ああ、今日はアランが相手をしています」

「……大丈夫なのか?」

イアンのその問いかけに、少し頬が綻んでしまう。派閥の影響もあり、表ではそう親しくできない兄弟ではあるが、イアンもアランのことをよくわかっているようだ。

あのムトラク姫はぐいぐい迫ってくる上に、異国の服装もかなり大胆だ。初心なアランでは対処が大変だろう。

「ある程度で助けが来る予定になっているので大丈夫です」

ちゃんとその辺は配慮してある。

イアンはそれで納得したように頷くと、

「そうか。では引き続きムトラクの使者の件を頼む」

そう告げた。

「はい」

そう返事をすると僕は仕事部屋へと戻った。

ムトラクの使者と姫には振り回されまくりで疲労感がひどい。早く帰ってくれ、いや、ジェフリーが戻ってきてくれればもう少しなんとかなるか。そう思えばあまり得意ではない長兄の帰国すら待ち遠しい。

少しだけお茶でも飲んで休憩しようと思ったところで、机にちょこんと置かれた袋が目に入り、口元が自然と綻んだ。

それはカタリナが届けてくれた差し入れだった。

『忙しいと聞いて無理していないか心配になった』『特にジオルド様は無理なさるから大丈夫

かなと思って』

言われた時は嬉しくて、顔に熱が上がり見せられない顔になってしまった。

カタリナは恋愛事にこそ鈍いが、こういうことには鋭くて、細やかな気遣いをしてくれる。

そんなところもまたカタリナの魅力だ。

カタリナが誘拐された後に気持ちを告げ、ようやく僕が彼女を恋愛的に好きだと気付いてもらえたわけだが、その後のキースの誘拐騒ぎなどでカタリナはすっかりそれを忘れてしまっていたようだ。

しかし、今日また思い出してもらえたようで何よりだ。

今日は仕事部屋で仕事中であるし、少しカタリナを触って疲れを癒させてもらうだけにしようと思ったのだが、カタリナから伸ばされた手に理性がぐらりと揺れてしまった。

あれは声をかけられなければ、もっと求めてしまいまずかったかもしれないと思う一方で、もう少し色々させてもらいたかったという思いもよぎる。

腕に閉じ込めたカタリナのやわらかい身体(からだ)といい香り、それから腕から離した時のカタリナの真っ赤で可愛らしい顔。

それを思い出すだけでこの面倒な案件も少しは頑張れそうだ。

「アラン様、お待ちになってください」

甘い声でそう言って腕を絡めて顔を寄せてくる女に、俺、アラン・スティアートは内心うんざりしつつ、相手が他国の姫であるため邪険にもできず困り果てていた。

ムトラクという遠い国から突然、使者と王族が訪れ、なおかつ、王族の姫君はこちらの王族との婚姻を望んでいるというのは聞いてはいた。

聞いてはいたが、特にお呼びがかからないため、今日まで関わりを持ってきていなかった。

俺はあまり外交的なことを考えるのは得意ではないため、そういうものが得意な兄弟たちに任せておけば大丈夫だと思っていたのだ。

そうして俺は俺で自分に与えられた仕事をこなしていたわけだが、ここにきてムトラクの姫の相手をしろとの指示が下った。

自分たちとの婚姻を婚約者がいると知らされてもなお望んでくる姫。聞いただけで面倒な相手に正直、関わりたくはなかった。

だが外交をすべて兄弟たちに丸投げで何もしないというわけにもいかないため、姫の元へ挨拶に出向いたわけだが……その後、ずっとこれである。甘い声を出してすり寄り、露出の多い服でベタベタと触れてきて、本当に困っている。

王子という立場から貴族の令嬢に騒がれるのはよくあることだが、このように露骨にすり寄ってくる相手の対処をしたことがなかった。

舞踏会など酒の出る場で、酔ったらしいこの手の令嬢や未亡人に絡まれた時には、婚約者であるメアリが颯爽と現れて対処してくれていたのだ。

ああ、こういう状況になり改めてメアリのありがたさを感じる。

俺の婚約者であるメアリ・ハント侯爵令嬢は社交界の華として名高く、貴族令嬢の鑑ともたたえられている俺には過ぎた女性なのだ。

そんなメアリに実は密かに思う人がおり、その人と結ばれたいと思っていることを俺は密かに本人から伝えられていた。その時までメアリの仮の婚約者をすると約束している。

メアリの思い人は簡単に結ばれることのない人物だそうだ。メアリはそれでも諦めずに頑張ると言い切り、そんな強い彼女を俺は尊敬し応援したいと思っている。

そんな俺にも実は密かな思い人がいる。ただその相手は双子の婚約者であり、決して結ばれることはないと理解している。

いつか時がきたらきっぱり諦め彼女を忘れなければならない。その時のことを考えると胸が痛くなる。

「アラン様、私、もっとソルシエに詳しくなりたいのです。ぜひ、お城の案内をしてくださいな」

ムトラクの姫が甘い声でそう言って絡めた腕に力を入れる。

これがもしカタリナだったら、どんなに嬉しいことか、そう考え、いや、そもそもカタリナだったらこんなことはしないなと考えを改める。

　カタリナだったら、このように腕を絡めたりしてこない、おそらく腕を掴んで引っ張っていく。誘い文句だって『案内してください』なんて言わないだろう。『お城を探索するわよ』と楽しそうな笑顔で言うはずだ。

「アラン様」

　カタリナのことを考えていたらぼんやりしてしまっていたようで、じれた姫が腕を引いてすねたような声を出した。

　困ったな。メアリが来てくれないだろうか。そう心の中で婚約者を呼んだ時、

「アラン様、お話が――」

　城の使用人にそう呼び止められて近寄れば、

「メアリ様が訪ねてこられましたが、どうしましょう」

　とのことだった。

「メアリが！　なんてタイミングがいい」

　思わずそう呟いてしまった俺に、ムトラクの姫は、

「どなた？」

　と首をかしげた。

「私の婚約者です」

「まぁ、婚約者様。なら私も挨拶させていただこうかしら」

姫にそんな風に言われ、思わず顔を顰めてしまう。

それを見た姫はくすくすと笑い、

「ふふふ、アラン様は素直でいらっしゃるのね」

と言った。

嫌だという態度が顔に出すぎてしまった。俺の態度に姫が怒った様子がないことにほっとしつつ、

「すみません」

そう謝罪すれば姫は、

「これから、お会いする機会もあると思いますのでまたの機会に」

と手を振り、

「では、私は一人で自由に散策させてもらいますね」

などと言って颯爽と歩いていってしまったので慌てて、何人か使用人を向かわせた。

さすがに城の中を他国の姫に一人で自由にされては何かと困る。

姫の後ろ姿を見送りながらため息をつく。なんだかどっと疲れた。

ムトラクの姫はかなり自由奔放で、こちらの注意などろくに聞かず、好き放題に過ごしているらしい。いやそれは姫だけでなく使者も似たようなもので、注意をすれば謝罪はしてくるが、『国民性ですみません』とのことでなかなか改善が見られないとのことだ。

だからといって帰れと言うほど勝手をするでもなく、怒るほどでもない絶妙なラインで仕掛

けてくるので困っているという。

ジオルド曰く『これを計算の元にやっているとしたらあちらはかなりの策士だ』とのことだが、あの能天気な感じ、どう見ても策士には見えない。

本日も迫ってはきたが、婚約者が来ればすっと引いていったり、嫌そうな態度を見せることもなかった。確かにこの感じは扱いに困るな。

そんなことを思いながら姫の去った方を見つめていると、

「アラン様」

と突然、声をかけられ驚いて振りむくと、そこには久しぶりに会う姿があった。

「カタリナ、お前、こんなところで何をしているんだ？」

学園を卒業してからめっきり会う機会が減ったカタリナの突然の登場にそう尋ねると、

「キースから今、お城がすごく忙しいと聞いて皆が心配になって、差し入れを持って少し様子を見にきたんです」

と答えた。

「えっ、そうだったのか。わざわざ悪いな」

意外と気が利いていたカタリナの行動に驚きを覚えつつそう言えば、カタリナは後ろにいたメイドから鞄を受け取ると、中から袋に入ったものを取り出して差し出した。

「これ差し入れです。アラン様もお疲れの時にどうぞ。美味しいですよ」

そう言ってにこりと微笑まれると、頰が火照る。

「……ありがとな」

　返事はぶっきらぼうになってしまった。

　こういう時、ジオルドだったらもっとスマートに返せるんだろうなと思う。

「カタリナ様〜〜」

　差し入れを受け取った直後にそう大きな声がして、すごい勢いで俺の横にやってきたのは
——。

「あれ、メアリ、どうしたの？」

　カタリナが不思議そうな顔をする。

　そうだ。カタリナと久しぶりに会えたことで浮かれて忘れていた。メアリが訪ねてきていたのだった。

「ああ、メアリ、訪ねてきたと聞いたので今、行こうと思っていたんだ。どうしたんだ？」

　俺とメアリの関係は良好だが、突然、用もなく訪ねてくるような間柄ではないので、何か用事があるはずだ。

　メアリはふふふと微笑んで、

「腹黒王子、いえ、ジオルド様に呼ばれたのです」

　と答えた。

　メアリよ。心の声が完全に漏れている。

　メアリはジオルドとあまり仲がよくない。二人が向かい合うと微妙に険悪な空気が流れるこ

とが多いのだ。

ジオルドにさりげなくわけを尋ねたら『同族嫌悪的なものでしょうか』と返された。ジオルドとメアリが同族？　いや、確かに共にとても優秀であるがそれで？　いまいち今でもこの二人のことはよくわからない。

そんな仲のジオルドがメアリを呼び出すなんて珍しいなと不思議に思い、

「ジオルドに呼ばれた？」

そう聞き返すと、メアリは「はい」と頷き答えた。

「なんでもアラン様の手助けをしてほしいとのことだったのですが、アラン様、私に何か手伝ってほしいことがあるのですか？」

それを聞いてあまり鋭くない俺でもわかった。

ジオルドは今日、ムトラクの姫の相手をし、姫にすり寄られ俺が困ることを想定していた。そしてそのフォロー役としてメアリを呼んでいたのだ。

さすがジオルド、よく先が読めていると一瞬、感心しかけたが……いや、俺だけで厳しいと思ったなら初めから別の奴に頼んでおいてくれよ。

そんな風に思う俺に、メアリが、

「アラン様」

と答えを急かす声を出した。そうだった。メアリ。

「そのメアリ、せっかく来てもらったのだが、助けてほしかった案件はもう片付いたので大丈夫になったんだ。すまん」

　そう告げると、メアリの眉がぐいっと上がった。

「ジオルド様からの要請で他の予定を断って来たというのにですか」

「その、本当に悪いと思っている。来てもらった分、きちんと謝礼は出すから」

　そう謝れば、メアリはしれっと、

「まぁ、謝礼をきちんと出していただけるなら、今回の件は水に流しましょう」

　そう言った。さすがメアリ、しっかりしている。

　そんなメアリはすぐにくるりとカタリナの方を向き、

「でも予定が空いてしまいましたわ。カタリナ様はこれから予定がありますか？」

　そう尋ねた。空いているならば共に過ごしたいと思ったのだろう。

　休みに入り会える時間が減っているからな。俺だってたまった仕事がないのならばカタリナと過ごしたい。気持ちは大いにわかる。

「うん。この後、予定があるの」

「……そうですか」

　カタリナからの残念な返事にメアリはシュンとなったが、すぐにしゅっと顔を上げると、

「ならば空いた時間は予定通り、アラン様のお手伝いをしますわ。何か私にもできそうなお仕事はありませんか？」

　と聞いてきた。

非常に優秀なメアリ。今、猫の手も借りたいほど忙しい状況で手伝ってもらいたいことはたくさんある。

「正直、たくさんあるので、手伝ってもらえると助かる」

「わかりました。では、謝礼は弾んでくださいな」

メアリはにやりと笑ってそう言った。

「ああ、わかった」

俺も笑みでそう返した。

『用事があり帰る』というカタリナとそこで別れ、（メアリは今度また遊びましょうと誘っていた）俺はメアリを引き連れ、俺の仕事部屋へと向かう。

「それでアラン様は結局、本来は何に助けが必要だったのですか？」

途中でメアリがそう聞いてきたので、

「ああ、ある女性の相手をしなくてはならなかったんだが、その女性にしつこくすり寄ってこられてな。邪険にもできない相手だったので困っていたんだ」

相手をムトラクの姫であるという点は省いて説明した。

「ああ、アラン様はそういうことが苦手ですものね」

メアリがクスリと笑う。長い付き合いなのでメアリは俺のことをよくわかっている。

「それでどうやって解決したんですか？」

「ああ、メアリが来たと聞いただけであっさり引いていった」

「……そうなんですか、なら積極的なわりに本気ではないんですかね？」

「う～ん。それは俺も思った。親に言われて仕方なくとかなんだろうと思う」

「それは大変ですわね」

しみじみと言ったメアリに俺は、

「そうだな」

とだけ答えた。

貴族社会では政略結婚は当たり前のことだ。本人の意思とは関係ない。そういうものなのだ。

そんな中で自分の意思を通すのは大変なことだ。

それでも決して折れないこの婚約者殿は本当に強い女性なんだなと俺はその凛々しい横顔を見て思った。

★★★★★

アランとメアリと別れ、私たちは馬車へと戻る。

いつの間にか太陽もだいぶ沈んできている。このまま商隊のテントへ行けばアーキルはいるかしら？

　昨日はたくさんごちそうになったから、行く前に何かお礼を買っていこう。そう考えてテントへ行く前に街へ寄って商隊の皆へお土産を買った。

　そして商隊のテントに着いた頃には夕方になっていた。

　朝の閑散とした感じとは違いテントの周りには品物が並べられて人で賑わっていた。

　アーキルも売り子をしているのかな。でもアーキルは人見知りだというし、売り子はしていないかな。

　キョロキョロとテントの周りを回ったりしていると、

「おお、お嬢さん。今日も来てくれたのかい？」

　そう声をかけてくれたのは隊長さんだった。

「あっ、隊長さん。実はアーキルと約束していたんですけど」

　そう言って私は朝に来て、また夕方に来る約束をしたことを話した。

「そうかい。アーキルがそんな風に。あの子は今まで商隊の者以外と親しくすることがほとんどなかったから嬉しいよ。これからも仲良くしてやってくれ」

　隊長さんはそう言って微笑んで、

「今、アーキルはテントの中、前に案内したところにいるはずだよ」

　と教えてくれた。

　私は隊長さんにお礼を言って、買ってきたお土産を渡してアーキルの元へと向かった。

　テントの入口でアンが「私はここで待っていますね」と告げてきた。

アーキルがかなりの人見知りらしいので、慣れていない人がいるとほとんど話もできないと話したら気遣ってくれたようだ。私のメイドは本当に気配り上手だ。

私はそうして入口でアンと別れ、お疲れ様会の時に隊長さんに教えてもらった場所へ行った。キースたちに王族がどうのこうのと聞いたので、少しだけそういうのも気にして見てみたけど、やっぱりここに王族の人がいたとは考えられない。

きっと別のテントにいるんだわ。でなきゃアーキルたちも気を遣って大変だものね。

本当はアーキルにはっきり王族のことを聞ければいいけど、そうしたらなんでお前がそんなこと知っているってなってしまうものね。そうすると身分とか説明しなきゃだから、できないな。

かしこまられてしまっても悲しいし、ニコルにも言わないでおけと言われてるものね。

そんなことを考えながら歩いていると、この前と同じ場所にアーキルの姿を見つけた。

「アーキル」

声をかけるとこちらに気付いたアーキルが、

「ああ」

そう返事をすると、抱えた籠の中のピヨが、

「ピヨ」

と元気に鳴いたので出してあげると、そのままアーキルに飛び乗った。

「ピヨ、あなた本当にアーキルが好きね」

まるで離れていた恋人に久しぶりに会えたというようなピヨの態度に私はちょっと呆れてしまう。今朝、会ったばかりでしょうにとなんとも言えない視線を向けてしまう。

そんな私の視線を受けてもピヨは『何よ、あんたには関係ないだろう』とフンとした様子だ。

「この子、本当に私に感謝しているの？」

動物の心がわかるというアーキルが前にそう教えてくれたけど、この態度、どうも感謝しているようには見えない。

口を尖らせてそんな風に言った私にアーキルは少しクスリと笑い、

「本当だぞ。閉じ込められていた場所からお前が出してくれたのを感謝しているようだ」

そう言った。

「閉じ込められていた場所から出した？　どういうことかしら、そんな覚えはないんだけど」

ピヨは気付いたら後ろにひょこりといたのに、その前に私、何か壊したりしたかしら？

「お前に覚えがなくてもこいつはそう思ってるみたいだぞ」

「う～ん。そうなのね。わからないけど、ピヨが自由になれてよかったわ」

「ピヨ」

ピヨは元気に返事をして羽をパタパタした。

「それにしても、アーキルはピヨの考えがそこまでわかるのね。すごいわ」

「こいつとは波長が合うみたいで特によくわかるんだ。他のやつらはここまでではない」

「そうなの！　波長とかがあるんだ。全部の動物の心がわかるわけではないんだ」

「いや、わかりやすいとかわかりにくいとかいうのはあるけど、基本的にはほとんどの動物の心がわかることはわかる。他の奴が介入していなければ」

「他人が介入ってどういうこと？」

そう聞くとアーキルの顔が曇った。あっ、これは聞いてはいけないことだった。でも、私がやっぱりいいよと言う前にアーキルは口を開いた。

「動物の心がわかるのは俺だけではないということだ」

「え〜と、他にも同じような人がいるの？」

そう尋ねるとアーキルは小さくこくりと頷いた。

「そうなんだ。他にもアーキルみたいに動物と心を通わせる人がいるんだね。素敵だね」

私が何気なくそう言うとアーキルは眉を寄せ、

「……いや、そいつらは心を通わせているんじゃない。むりやり操っているんだ」

硬い声でそう言った。

「むりやり操る？」

なんだか不穏な単語に思わず聞き返すと、

「ああ、動物を操り使役するんだ。この力はそういうもので、心を通わせるなんていいものじゃないんだ」

アーキルはそんな風に言って、そして自嘲的な顔をした。

その顔になんだかまた前にどこかで見たような不思議な感覚を覚える。なんだろう。またこ

れだ。その感覚に呑まれそうになるが、今はアーキルが大事な話をしているのだと振り払い、

「その、でもアーキルは違うよね。だってアーキルと動物たちは本当に仲がよさそうに見えるよ」

　と私は思ったことを口にした。

　アーキルと共にいる動物たちはどう見ても心を操られているようになんか見えない。むしろアーキル大好きといった感じだ。

　私の発言にアーキルは、

「……俺は、昔から動物が好きで……だから思うように操って使役するなんてどうしてもできなくて、だから自分で考えだした方法を使ってる」

「アーキルの考えた方法？」

「動物と話して頼むんだ。願いをきいてくれたら礼をするからって、それで皆、協力してくれる」

　ぽつりぽつりと語られたそれは、とてもアーキルらしい答えだった。

「うん。アーキルが動物が好きなのも、動物たちがアーキルを好きなのも見ていればわかるよ。自分で考えてアーキルはすごいね」

　と言った。

「……ありがとう」

　アーキルはぼそりとそう言って、顔を伏せた。

　私はアーキルが顔を上げるまで隣で静かに待った。ピヨもアーキルにそっと寄り添っていた。

しばらくして顔を上げたアーキルは、

「……つい弾みで色々と話してしまったが、この力のことはあまり公にはしていないことなんだ。内密にしてくれ」

と言った。

確かに『動物を無理やり使役する力』とか、あんまりいい感じはしないものね。私は、

「わかったわ」

と頷いた。

アーキルはその後、前よりたくさん話をしてくれた。故郷のことも教えてくれた。砂漠が多い国なんだそうだ。商隊はそこに点在する街や村を回って商売するんだって。

アーキルの国で鷹に似た守り神が祀られているから、アーキルと相棒はどこに行っても歓迎されるそうだ。

なんだかアーキルの国はアラビアンナイトの舞台みたいなんて思った。

アーキルの仕事へ戻る時間がきて今日もお開きとなる。例のごとくアーキル大好きピヨが文句を言うので明日の予定を聞いてみると、

「すまない。明日は用事があるので来てもらっても会えない」

とのことだった。

「ピヨ〜〜〜〜〜〜」

が〜〜んという感じにショックを受けるピヨが可哀そうで、あと私もこうしてアーキルと

話すのがすっかり楽しくなってきていたので、

「明後日はどうかな？」

そう粘ってみると、アーキルは少し困った顔をして、

「まだここにいれば、朝と夕方ならな」

と答えてくれた。

そこで私はアーキルたち商隊が移動しながら商売をしていることを思い出した。

そうだアーキルたちはずっとここにいるわけではない。時がくればまた違うところへ移動していくんだ。

「もう、違うところに行くの？」

そう問いかければ、

「まだわからないけど、ここにはそんなに長居はしない予定だから」

と返されてしまい私もピヨもシュンとなる。

「でも、まだ明後日ならいる可能性は高い、移動もまだ決まってないから」

落ち込む私たちにアーキルがそう声をかけてくれ、ひとまず明後日の朝にまた来ると約束して別れた。

ピヨはひどく落ち込んでいたが、私ももうすぐアーキルとお別れと思うと寂しかった。

せっかく仲良くなれたのにもうさようならは悲しい。またすぐにソルシエに来てくれるようにお願いしてみようかしら？　これからソルシエとムトラクは交流を始めるのだから、それも

できるかもしれない。

そんなことを考えながら歩いていると道行く人にぶつかりそうになってしまった。

「あっ、すみません」

「いえ、こちらこそって……カタリナ様！」

「えっ、ソフィア！」

なんとぶつかりそうになった相手は友人のソフィアであった。

ソフィアは何やら大きな袋を抱えていた。

「ソフィア、その荷物は一体？」

「私どうしても異国の物語を読んでみたくなって我慢できず」

そう言ってソフィアは袋の中身をこちらに見せてくれた。かなりの量の本が入っていた。しかも後ろの使用人も同じような袋を抱えている。どんだけ本を購入したんだソフィア。

「最初は一冊だけにしようと思っていたんですが、異国の物語がすごく魅力的で日々通うようになりまして、少しずつ購入していたんです。でも先ほど商隊はある程度の日数で移動してしまうって聞いてこれはもう欲しいものを今、買っておかなければと思いまして……このような量になりました」

と言い訳っぽく説明してくれたソフィア。

どうやら私とは違う理由だけどソフィアも商隊（の本）にはまって連日通っていたらしい。

そして今日、商隊が移動するかもと慌てて買いだめしてきたのだな。

「どんな物語が素敵だったの？　私にも今度貸してくれる？」

本を大量に買ってきたのがバレてなんとなく照れた様子のソフィアにそう言うと、

「もちろん。私のお薦めはですね――」

そう言って拳（こぶし）を握りしめたソフィアの話はだいぶ長くなりそうだったので、時間も時間だし途中まで同じ馬車で一緒に帰ることにした。

馬車までも馬車に乗ってからも熱いマシンガントークで物語のお薦めポイントを語ってくれた。ちなみに、ムトラクの文字はこちらとほとんど同じだが、ところどころ読み解けないものがありそれを解読するのもまた楽しいのだそうだ。そこは私としてはちょっとわからない感覚だ。しかし、ムトラクは遠い国だけど文字が同じというのもやはり乙女ゲーム仕様か制作スタッフの手抜きだな。中の人としてはありがたいけど。

そんなことを考えながら聞いているとふいにソフィアが、

「そう言えばカタリナ様は何をしに商隊へ来られていたのですか？」

と思い出したように聞いてきた。

本のことで頭がいっぱいでここまで気にならなかったみたいだ。ソフィアらしい。

私はピヨがアーキルに懐きすぎて会いたがり、連日、連れてきていたことを話した。

「へぇ〜、ピヨちゃんがそんなに懐いたんですね。私たちにはそこまででもなかったのに、アーキルさんはそんなに魅力的なんですか？」

「うん。すごい美少年なだけでなく、親切で優しくていい子だよ」

　私がそう返すとソフィアは、

「ま、まさかカタリナ様も、アーキルさんに夢中に！」

と、かっと目を見開いた。

「えっ、いや、仲良くはなったけど夢中というほどでは……ただ」

「ただ、なんですか？」

「なんだか昔どこかで会ったことがあるような気がするというか、知っているような変な感覚があるのよね」

「前に会っているのでは？」

「ううん。私は国を出たことないし、アーキルもソルシエへ来たのは初めてだっていうから会ったことはないはずなんだけど」

　でもそれでもなんだか知っているような不思議な感覚がたびたびあるのだ。

「そうですか」

「それがどうもすっきりしない感じで、考えても考えてもやっぱりわからなくて」

　私がそう言って首を捻るとソフィアが、

「考えても考えてもわからない時は、一旦、考えるのをやめてぼーっとしてみるといいですよ。そうするとぱっと思い出したりするものですよ」

　そんなアドバイスをくれたので、

「ソフィアありがとう。さっそくやってみるわね」

と実行してみることにした。

窓の外を見てぼーっとぼーっと……そういえば今日は早起きして色々と出歩いたな。ぼーっとしたらなんだか一気に疲れが出てきた。ああ、なんだか瞼が重くなってきた。

「あら、カタリナ様……お疲れでしたのね。どうぞ私の肩をお使いください」

ソフィアの声を遠くに聞きながら、私は微睡の中に落ちていった。


『これ、新しいお薦めのゲーム』

親友あっちゃんが私にゲームを差し出してそう言った。

『あっ、貸してくれるって言ってたやつだね。ありがとう』

ルンルン気分で乙女ゲームを受け取り、パッケージを確認する。様々なジャンルのイケメンたちが描かれている。

『主人公が自分の出生を知るために商隊に入って旅をするんだよね？』

『そうそう。そこで一緒に旅する仲間と恋を育んでいくんだよ。私の一押しはこの人なんだけど』

そう言ってあっちゃんが指さしたのはアラブ系の美青年だ。

『この人の過去がかなり重くてすっかり心を閉ざしてるんだけど、主人公に出会って閉ざした心を開いていくのがすごくよくてね』

『ちょっと、あっちゃん、ネタバレ禁止だよ。帰ったらさっそくやってみるから、クリアしたら語ろう』

『わかったわかった。待ってるよ～』

あっちゃんはそう言ってにこりとして手を振った。

そうして借りたゲームを家に帰った私はさっそくプレイしてみた。

せっかくなのであっちゃんの一押しのアラブ系美青年から攻略にとりかかってみた。

最初はひどくそっけなかった彼も、主人公と交流を図っていくうちに心を少しずつ開いてくれるようになってきた。

そして次第にポツリポツリと過去のことを話してくれるようになってきた。

実は彼は別の遠い大陸からやってきていて、そこで彼は王族の一人だったというのだ。

だが、血のつながった者たちとの交流はなく孤独な子ども時代を過ごしていた。

そんな中で国のお抱えの商隊との出会いが幼い彼を救った。商隊の人々は彼を家族のように迎え入れ、彼も彼らを家族のように思い過ごした。それは彼が一番幸せだった日々。

しかし、彼が十代後半に差しかかった頃にその日々も終わってしまう。

王族の能力で動物を操る力を持っていた彼はある時、不思議な気配を感じた。

それは失われたはずの国を守る聖獣の気配だった。それを知った国王は彼にその聖獣を連れ帰るように命じた。

かつて遠い大国の者によって封印され、その国へと持っていかれたという聖獣を取り戻すのは容易なことではなかった。

しぶる彼に国王は彼の大切な商隊（かぞく）を引き合いに付けた。命令を受けなければ商隊の者は皆、投獄する。受ければ皆、国から自由にしてやると。

商隊が国に縛られ搾取（さくしゅ）されていることを知っていた彼は国王の命令に従った。

そして彼はその大国へ商隊の仲間と共に向かい、見事に聖獣を取り返し祖国へと帰還した。

それで彼と商隊の仲間は自由になれるはずだったのだが……国王は彼に聖獣を使役するように命じ、そうすれば商隊だけは自由にすると告げた。

彼はそれを受け入れたが……封印を解いた聖獣はすごい力で暴れ回り、彼は簡単には使役できなかった。

無理だと告げる彼に国王はそれなら商隊の者たちを順番に殺すと告げ、彼はその命を削りなんとか聖獣を使役した。

しかし、彼が命と引き換えにようやく聖獣を使役した時にはもう商隊の者は皆、聖獣の存在を知ったという理由で一人を残し始末されており、彼に言うことを聞かせるために残されていた最後の一人の少年も、彼を縛りたくないと自ら命を絶つ。

その少年の亡骸（なきがら）を抱きながら彼は咆哮（ほうこう）し、聖獣を解き放つ。暴れ回る聖獣は彼の国をすべて滅ぼした。

彼は死に場所を求め、命を削る聖獣を使役したまま大陸を渡った。

そんなアラブ系美青年の悲しすぎる過去を聞いた時、私は号泣した。なんとしても彼を幸せにしてあげたいと思い頑張った。

やがて彼が無事に主人公と結ばれ、聖獣も呪いが解けて解き放たれ、皆が幸せになった時は
『アーキル幸せになってよかったね～』

と彼の名を呼んでまた号泣した。

そしてあっちゃんと熱く語り合った。


「これって！」

私がそう叫んでがばりと起き上がると、

「カ、カタリナ様!?」

とソフィアが目を丸くした。

私は一瞬、状況がわからなくてキョロキョロと周りを見渡す。

馬車の中だ。そうだ。私、商隊のところでソフィアと出会って、途中まで一緒に帰るところだったのだ。

「大丈夫ですか？」

挙動不審な私にソフィアがそんな風に声をかけてくれる。

「あ、うん。大丈夫。ちょっと夢見が悪くて」

なんて返す私に、ソフィアは、

「お疲れなんでしょうか、しっかり休んだ方がいいですよ」

と心配そうに言ってくれた。

そうしてソフィアに気遣われているうちに、そろそろソフィアは自分の馬車に乗り換えた方がいいあたりになった。ソフィアは、

「しっかり休んでください」

と言い残し去って行った。

ソフィアがいなくなった馬車の中で、私は改めて夢のことを思い出す。

あれは前世の記憶だ。あっちゃんに借りてプレイした乙女ゲーム『明日を見つけに』。

プレイしたのは『ＦＯＲＴＵＮＥ・ＬＯＶＥＲ』の前くらいだった気がする。

この世界が『ＦＯＲＴＵＮＥ・ＬＯＶＥＲ』の世界なので、それはよく思い出したけど、その前にしたゲームなんて、今の今までまったく忘れていた。

でも思い出した。それはきっとアーキルに会ったからだろう。

ずっとなんだか会ったことがある気がしてた。アーキルの顔は前世の乙女ゲームで見ていたんだ。

ゲームでは今よりずっと大人になっていたけど、今のアーキルの面影もあった。それであんなに見たことある気がしたんだ。そこはすっきりした。

そこはすっきりしたけど……あのゲームの内容！

ゲームだったから、作り物だとわかっていたからこそひどいと思いつつ、なんとか耐えることもできたけど……もしあんなひどい出来事が現実で友人の身に起こりえるのだとしたら絶対に放っておくことなどできない！

私は家に着くとすぐ自室へ戻り、前世でやったあのゲームの記憶を必死に思い出し、紙に綴った。


乙女ゲーム『明日を見つけに～本当の私に出会う旅～』は、私が『ＦＯＲＴＵＮＥ・ＬＯＶＥＲ』をプレイする前くらいにやっていたゲームで、確か『ＦＯＲＴＵＮＥ・ＬＯＶＥＲ』と制作会社が同じだったような気がする。

主人公のディーは孤児院で育った好奇心旺盛で活発な女の子。他者にはない珍しい色彩を持っていたが、ある日、孤児院の玄関の前に捨てられていたということ以外、何も素性がわからず自分の生まれた場所も知らなかった。それでもディーはそんなこと気にすることなく元気に暮らしていた。

しかし、ディーが十五歳になり孤児院を出て独り立ちするために仕事を探していた時、色々な異国を旅しているという人物と出会ったことでその運命は大きく変わる。

その人物は、遠い異国の地でディーと同じ色彩を持つ人物を見たことがあるというのだ。

ディーは今まで謎だった自分の素性が気になり始めた。

そこでディーは孤児院のある街で働くのをやめ、自分の出生を知るために街へ来ていた商隊に入れてもらい旅をすることにする。

そこで商隊のメンバーたちと関わり恋を育んで冒険していくという物語だった。

正直、八歳の前世の記憶が蘇った直後ならばもっと思い出せたかもしれないが、なにぶんあれからかなり時間が経っているので思い出せないことも多い。

それでも先ほど見た夢も思い出し、なんとか頭からゲームの記憶を絞り出す。

ゲームでのアーキルはこの商隊に所属し雑用係をしている青年だったと思う。あまり人に関わらない孤高な美青年。

初めは主人公にもそっけない態度で接するが、主人公が根気強く諦めずに話しかけ接していくうちに次第に少しずつ心を開いていくというストーリーだったと思う。

そして心を開いて話し始めてくれた過去が——国王に自由を餌にされ大国から聖獣奪還を命じられ、成功し持ち帰れば今度は動物を使役する能力で聖獣を使役するように強要され、しまいには家族を皆、奪われるというすさまじいもの。

そのように思い出したことを書き起こした紙を見て私は頭を抱える。

「こんなひどい状況、なんとしても阻止しなきゃ！　でもどうすればいいの」

議長カタリナ・クラエス。議員カタリナ・クラエス。書記カタリナ・クラエス。

『……この案件ですがカタリナには荷が重すぎるのでは』

『それはその通りですけど、アーキルに商隊の皆、ひいてはアーキルたちの祖国存続にも関わる問題だわ。なんとかしないと』

『なんとかすると言っても、どうするのよ？　アーキルたちが聖獣を取りにいくまでずっと商隊についていって見張っているの？　そんなことできないでしょう』

『でも、突然、「聖獣を取りにいっては駄目、私は乙女ゲームで見ているの」とか言われても信じてもらえないと思う』

『それはそうね。というかアーキルたちはどこに聖獣を取りにいくのかしら？　アーキルたちはこれまで国からほとんど出てなかったのでしょう。それが今回、こうして遠い異国まで出てきた。まさに今、聖獣を取りにいこうとしているんじゃない？』

『『　!!　』』

『賢い、賢すぎるわ。カタリナ！　そうよ、きっとアーキルたちはその遠い大国へ聖獣を取りにいく予定なのよ』

『そうなのね。じゃあ、その大国へ行かせなければいいのではない？』

『でも聖獣が封印されている大国ってどこかしら？』

カタリナの一人がそう言って首をかしげたところで――。

部屋がノックされて声がかかった。

「義姉さん、少しいいかな。今日はわざわざありがとう。それで明日なんだけど」

これは丁度いいところに来てくれた。

ぱっとドアを開けて、

「キース、もし、もしも、すごい大きくて特別な生き物がいたとして、それを封印して持ち帰ることができる大国ってどこだと思う？」

そう義弟に尋ねた。

キースはきょとんとした顔になり、

「義姉さん、今度はどんな小説読んでいるの、そんな生き物なんていない――」

と子どもを諭すような顔をして言ったキースの言葉を遮り、

「いると仮定して、それを封印できる大国ってどこだと思う」

食い気味で聞くと、キースは少し考え、

「もしそんな生き物がいるとして、そんなものを封印できるような国は――」

「国は？」

「ソルシエくらいしか思いつかないな」

「えっ、うちの国？」

「うん。そもそも生き物を封印なんて普通の技術でできないだろう。そうなれば魔法が発達しているうちの国で、魔法を使って行うっていうのが一番、考えられることじゃないかな」

「……魔法を使って」

「まぁ、そんなこと本当にできるかどうかはわからないけど、昔は色々な魔法が使えたらしいからそういうこともできたかもしれないね。それより義姉さん、明日なんだけど」

「……そうか、そうよね。昔ならできたかもよね。ありがとう」

　私はそう言って扉を閉めた。

「えっ、ちょっと義姉さん、まだ話が⁉」

「ごめん。あとで聞くわ」

　私はまた定位置に戻り会議を再開した。

『アーキルたちが目指してきた大国はおそらくソルシエで良さそうね』

『そうね。ここに滞在しているのも聖獣を探しているからと考えれば納得ね』

『じゃあ、やることは決まりね。アーキルたちにソルシエから聖獣を持っていかれないようにするのよ！』

『えっ、どうやって？』

『……』

『そこ考えてよ。そこが重要なとこだから』

『あのさ、そもそも聖獣ってどこに封印されているの？　ソルシエは広いわよ。ソルシエのどこに封印されているのよ？』

『確かに……あっ、でもアーキルはずっと街の近くに滞在してるし、街にあるんじゃない？』

『あれ、でもお城に王族がいるってキースとニコルは言っていたよ』

『アーキルのことかしら？　じゃあ、お城にあるのかな』

『それじゃあ、お城にある封印された聖獣をアーキルたちより早く見つけ出して持っていかれないようにすればいいんじゃない。聖獣さえいなくなればアーキルたちは無事でいられるでしょう』

『それがいいわね。封印されている聖獣をアーキルたちより先に見つけるのよ！』

『『お――』』

こうして私はアーキルたちより先に聖獣を見つけ出そうと決めた。

『――で、封印されている聖獣ってどんなの？』

『……調べましょう』

そしてまずは封印されている聖獣を調べることとなった。


「――――ではね。明日、参加しなきゃだからね」

「うんうん」

私はキースの話に上の空で相槌を打ちながら、聖獣についてはどこを調べればわかるかなどを考えた。

ソルシエの図書館ではわからないわよね。

そうなるとアーキルに探りを入れるのが一番だけど、アーキルは明日は都合悪いと言っていたから、どうしたものか。

「――だから支度してちゃんと出席してね」

「うんうん」

そもそもアーキル以外の商隊メンバーは聖獣のことを知っているのかな。ゲームでは皆で取りにいったと書かれていたけど、それは皆知っていたってことでいいのかしら？

「これ、本当にちゃんと聞いてるのかな？」

「うんうん」

聖獣ってのもよくわかんないのよね。ゲームの画では確か――。

「もう、あとで困っても知らないからね」

「うんうん」

封印ってどんなものにされているのかしら？　魔法のランプ的なものかしら？

「はぁ～、もう知らないからね」

「うんうん」

わからないことはいっぱいだけど友人のためになんとかしなくては！

私は友人のためとにかく必死に考え——そのまま寝落ちしてしまい。翌朝、目覚めてからも考え続けた。

何やら色々と話しかけてくる父や母、義弟、使用人に反射で相槌(あいづち)を打ちながらも考え続けた。

そして、

「あれ、今日はこれから何が始まるの？」

お城の一室で使用人によって完璧に着飾られた私はそこでようやく首をかしげた。

何やら朝から色々と言われてそのまま化粧やらなんやらを入念にされ、お城へと馬車で運ばれた。

あ～、お城に連れてこられたなと思ったらそこでまた化粧を直され髪も結(ゆ)われて、気が付けば貴族令嬢完全装備状態になっていた。

話をまったく聞いていなかったが、これはあきらかにこれから城で何かあるやつだ。

首をかしげる私を見てキースが大きくため息をついた。

「義姉(ねえ)さん、本当にまったく話を聞いてなかったんだね……まぁ、そんな気はしていたけど」

「うっ、ごめんなさい」

アーキルたちのことを考えるのに必死で、他(ほか)がまったくおろそかになってしまっていた。

謝った私にキースは仕方ないなという風にこれからのことを話してくれた。

キースの話ではなんでもこれから『ムトラクの使者の歓迎会』が開かれ、私たちはその来客として呼ばれたとのことだ。それほど大きなものではなく王族とそれに近しい貴族たちだけが呼ばれているのだそうだ。

『ムトラクの使者の歓迎会』

使者たちが来てから数日は経っているみたいだが、使者が元の予定より早く来てしまっていたということで日が経ってしまったのは仕方ないことなのだろう。

本来なら早めに通達されているはずの行事が急遽なのもそういう事情だろう。その辺は納得である。

昨日の夕方までの私だったら、前世の乙女ゲーム『明日を見つけに』を思い出す前だったなら、異国の人と会える、話ができる、美味しい物が食べられると単純に喜んだだろう。

でも私はアーキルたちがここに来た目的を知ってしまった。

ただの国の交流ではなく、聖獣を取り戻すためにここに来ていること。そしてその後に起こるであろう悲劇を――。

単純に楽しむことなどできない。何か、アーキルたちのためにできることをしなければ。

確かキースたちが使者の中に王族がいると言っていた。ゲームの通りならそれがアーキルなのかもしれない。

ならばこの歓迎会でアーキルに会うはずだ。そこで聖獣について探れるかな。上手くいけば封印のこともわかるかも。

しかし、アーキルには今日、会えないはずだったのに会えるとはラッキーだわ。ピヨが悔しがりそうね。

そこまで考えて私は『はっ』となった。

そもそも私はただの町娘としてアーキルに会いに行っていたし、アーキルもただの商隊の一員として私に会ってくれていた。

そこにはなんのわだかまりもなかったので問題なかったけど……これ、アーキルが王族でそれもこっそりソルシエから封印された聖獣を持ち出そうとしている立場で私はソルシエの貴族でとなると、敵対関係になってしまうのではないか！

これじゃあ、アーキルから聖獣の封印のことなど聞き出せるわけないじゃないか！

まずい、どうすればいいの！

焦（あせ）る私にお構いなく時間がやってきたようで私はキースに促された。

「義姉さん、時間だから行くよ」

そう言って差し出された手を取らないわけにはいかなくて、そのままエスコートされて会場に向かう。

歓迎会の会場はよく舞踏会などで使われる広間だった。

ここを使用した会には何度か来たことがあったが、こんなに緊張して来るのは初めてだった。

できればここでアーキルに出会うことなくやり過ごして、会が終わってからまた商隊を訪ねて町娘として今まで通りに話をしたい。ここで会って敵対関係だとか思われたくない。

今、拒絶されてしまったら、私にはもうアーキルを助けることができないかもしれない。

私は不安いっぱいでキョロキョロとあたりを見回す。

「義姉さん、大丈夫だよ。ムトラクの人たちはそこまで礼儀とかにうるさい感じではないからいつも通りに挨拶をしてその後は、好きなもの食べているだけでいいから」

私がムトラクの人との交流を不安に感じていると思ったらしいキースにそう助言されて、私はとりあえずこくりと頷く。

挨拶したくないけどしないわけにもいかないよね。でもまだアーキルがいるとは決まってないし、もし万が一見つけても、こちらが見つからないように隠れれば――。そんなことを考えている時だった。

「カタリナ」

そう声がかかった。そちらに目をやるとジオルドが立っていた。余所行きの笑顔をつけたジオルドはこちらへ歩み寄ってきて、

「丁度よかった。君のことを紹介させてください」

そう言うと、

「彼女はカタリナ・クラエス。僕の婚約者です」

私の肩に手を回し前に出した。

そこには煌びやかな衣装に身を包んだ美少年の姿があった。

視線が彼と絡まり私は固まる。彼も一瞬、目を見開いたように見えた。

しばらく見つめ合った気もしたし、一瞬であった気もした。

「私はムトラクの使者団の代表を務めています。シハーブ・ワーキド・アーキル・カリフと申します。初めましてクラエス様」

昨日の夕方に話をしたぶりだったアーキルは、今まで見たこともない不自然な笑顔を浮かべ長い名前を名乗った。

私は呆然としながらもなんとか習慣で淑女の礼をとった。なんだかやたら長い名前になっているなと呆然と思いながら。

そこでジオルドとアーキルの間で何か会話が交わされたけど、私の耳には入ってこなかった。アーキルから向けられた完全に他人といった表情に身体からドクドクという音がしていた。

やがて去っていくアーキルとジオルドに礼をして見送ると、私はそのまま駆けるように会場を出た。そして廊下の陰に隠れて息を整えた。

どうしよう。アーキルはもう私を拒絶してしまったかもしれない。あんなに楽しくおしゃべりできるようになったのに、仲良くなったのに。

向けられたのは完全に他人の顔でそこに拒絶の色を感じた。

こんな状態では何もできないかもしれない。

この先にアーキルに待ち受けるひどいことを知っているのに、どうにかしたいのに……。

ううん！　私はカタリナ・クラエスの破滅を防ぐことができたんだ。きっとアーキルに迫る破滅だって防げる。

私はぐっと顔を上げた。すると会場から出て去っていくアーキルの姿を見つけた。

「アーキル」

私は小さくそう呟くとアーキルの後を追った。

ただその背を追いながらもかける言葉を見つけられないでいると、アーキルが庭に面して開けた廊下で立ち止まった。

止まったアーキルはくるりと振り返りこう言った。

「ついてきてるのはわかってる。何の用だ」

私に向けられている言葉だとわかったので素直にアーキルの前へと歩いた。

アーキルと正面から対峙するとアーキルは冷たい目をして言った。

「初めから俺たちを探る目的で近づいてきたのか？」

目と同じくらいに冷たい声で言われて、胸が痛んだ。アーキルは完全に私が彼を騙して近づいたのだと誤解しているようだ。

「そんなことないわ。あの商隊に行ったのは偶然よ」

私はアーキルの目を真っ直ぐ見つめてそう言ったが、アーキルは顔をしかめた。

「貴族のご令嬢が偶然、庶民の商隊にやってくるなんてありえないだろう」

「全然ありえるわ。私はよく街へ遊びにいって買い食いしたり、ロマンス小説を買い込んだりしてるわ。それに農村に見学しにも行くのよ」

　私がそう言い切るとアーキルが少し驚いた様子を見せた。

「いや、普通に貴族、それも王子の婚約者ともあろう奴がそうほいほい街へなんか行くかよ。というか農村は何しに行くんだよ？」

「農村は私が畑を作っているからその発展のために行っているのよ。すごくためになるのよ」

「……はたけ？」

「そう畑、自宅の庭とあと学園にも作ってたのよ。学園の方は卒業しちゃったから後輩に受け継いでもらったけど、自宅の方はまだまだやるつもりだから、学ぶことも多いわ」

「……それは国の発展の調査とかそういうことか？」

「いえ、ただの趣味よ」

「……」

　アーキルが黙ってしまった。これはどういう状況と取るべきなのか。いい沈黙なのか悪い沈黙なのかわからない。

「……身分を隠していたのはなぜだ？」

「だって貴族令嬢とか言ったらアーキルたち気を遣うでしょう」

「それだけ？」

「それだけだけど」

私がきっぱりそう言うとアーキルは大きく息を吐いた。そして、

「なんか無駄に警戒した自分があほらしくなってきた」

そんな風に言った。

その様子はいつものアーキルで私はほっと安心した。

「そうか、偶然か、とりあえず信じる。あんた、そういう嘘をついて上手く立ち回れるタイプには見えないからな」

これは、褒められているのか？

「う、うん」

とりあえず頷いておく。そしていつもの調子になったアーキルに、

「それで、そのアーキルはどうして？」

と尋ねる。本当はゲームのことを思い出したので見当はつくけど、でもアーキルの口から教えてほしくて。

アーキルは少し黙った。そして、

「俺もあんな風に会ってムトラクの使者だなんて気を遣わせると思ってな」

そんな風に言ったけど、さすがに鈍い私でも、先ほどは初対面を装われ、その後あれだけ警戒されてそんな理由でないのはわかる。たとえゲームのことを思い出していなくても。

私はただ黙ってアーキルを見つめた。

私の様子に自分の言い訳が通用しないのがわかったアーキルは、

「さすがのあんたでもこれじゃあ、納得しないよな」

とクスリと笑った。

私どれだけちょろいと思われてるんだ。少しむっとしてむくれ顔になる。

「いや、もしかしたらあんたくらい素直ならいけるかなってちょっと思っただけだよ。そうむくれるな」

アーキルがまたクスリと笑い、それから目を伏せた。

「俺は少し訳アリなんだ。詳しくは話せないがあんたに迷惑はかけない。だから俺のことは知らなかったで通してくれ、そしたらすぐにあんたの前から消えるから」

悲しい目でそう言ったアーキルからはそれ以上、何も話す気はないという意志が伝わってきた。

きっと昨日までの私ならここで引いただろう。明らかに踏み込んできてほしくないとこんな悲しい目で言う人を追い込めない。

でもここで引いたらきっともうアーキルに会えない。

アーキルは聖獣を持って国に帰り、商隊（かぞく）を失い、自らの命すら削る存在を使役することになる。

いつか時が流れればそんなアーキルを救ってくれる主人公が現れるのかもしれないけど……

そもそもそんなひどいことになってなんてほしくない。

私たちを明るく迎え入れてくれた商隊の皆を見捨てたりできない。

なんとかここでアーキルから聖獣のことを聞き出して、そしてムトラクへ持ち帰らせないようにしなければならない。

そのためにはなんて声をかければいいの？　こういう時のスマートで的確な言い回しが思いつかない！

なんて話せばいいの。どう聞けば、どんな風に切り出せば、いっそ昨日の夢で見たゲームの内容をそのまま話す、いや、それは完全におかしな人と思われてしまう。でも、

「夢の……」

「夢？」

てんぱって思考が口に出てしまった言葉にアーキルが反応した。

「あっ、えーと」

なんとか言い訳しようとしたけど、もうこの際だと私はちょっと開き直った。

「私、昨日の晩に夢を見たの。アーキルがソルシエから持ち出したものをムトラクに持ち帰ってそのせいでひどい目にあう夢」

と少しぼかしつつゲームで知った内容を話した。

アーキルが固まった。そして怪訝（けげん）な目をこちらへ向けた。

これはまたスパイと疑われてしまったかと思ったけど、

「それはソルシエの魔法の力か？」

返ってきた問いは私を疑っている風ではなかった。

　初めてソルシエに来たアーキルたちはソルシエのことをよく知らない。わかっているのは魔法という不思議なものを使うことくらいだろう。おそらくアーキルは、生き物を封印できるなら夢で未来を見る的な能力もあるのかという風に思ったのだろう。

　よしこれは、

「そうなの。公にされていないけど私には夢で未来を見る能力があるのよ」

　全力で乗っからせてもらった。嘘ついてごめんアーキル。でも今はあなたを止める方法が他に思いつかないの。

「魔法にはそんな力もあるのか」

　アーキルは感心したようにそう呟いた。そして、

「すぐそこに俺たちが与えられた客間がある。そこで話を聞く」

　そう言って私を促した。

　よかった。どうやら咄嗟(とっさ)の嘘が信じてもらえたようだ。まぁ、あながちすべてが嘘ではないのだが。

　アーキルたちに与えられたという客間に着くとアーキルはあたりを用心深く見回し、私を部屋へと招いた。そして
「それで、どこまで見えたんだ。すべてが見えるのか?」

　私の目を真っ直ぐ見つめてそう聞いてきた。

　そこまで具体的に考えていなかった。

え～と、ゲームの内容がわかるというのを上手く話せば、

「う～んと、全部が見えるわけではなくて所々で、断片的だからすべてがわかるわけではないの」

とこんな感じでいいかしら？

「俺のことはさっき言ったことがすべて？」

「アーキルのことは……アーキルがソルシエから持ち出したものから出てきた生き物を使役させられていたわ……それで」

『商隊の皆が殺されてしまい、一人は人質にとられる』ということをすぐに口にすることはできなかった。ゲームの内容ならともかく現実にそんなことが起こるなんて。

続きを口にできない私にアーキルは息を吐き、

「……わかっている」

と言った。

「えっ⁉」

まさかアーキルもゲームのことを知っていてこの先のことを⁉

驚く私に、アーキルは悲しそうな目で、

「持ち帰れば俺が使役するように強要され、その先もずっと国に、国王に使われる道具にされることはわかっている」

そう言った。

あ、あれ？　皆のことがわかっているわけではなかったのか、でも自分が聖獣を使役させられるのはわかっているようだ。

「それでも俺が道具にされても商隊が自由になれるなら、これから先、笑って過ごせるならそれでいいんだ」

アーキルはそう言って少しぎこちない笑みを浮かべた。

ああ、アーキルは国王に『聖獣を持ち帰れば商隊の皆を自由にしてやる』と言われ、それを信じているんだ。それが口先だけの嘘だって気付かないで。

ゲームには描かれていなかった事実に私は固まる。

ゲームのアーキルは初めまったく人を信じていない。それは過去に起こったひどい出来事のせい。でも今のアーキルは違う。商隊の皆と家族として過ごして隊長さんや年上の人たちに可愛がられて、友人とも仲良くて、人を信じているんだ。

国王のことも他人のような関係だと言いながらも、そこまでひどい裏切りをするとは思っていない。だから騙されてしまった。

『これからも仲良くしてやってくれ』

あの時の隊長さんの言葉がふいに蘇った。

アーキルは商隊の皆に大切に育てられたから、私のことも信じてくれる優しくて心の広い子になった。それなのに――。

ゲームでもひどい出来事だと思った。でも現実ではひどすぎて、

「駄目だよアーキル、ムトラクになんか戻っちゃダメ、聖獣なんて持って帰らないでアーキル！」

私は叫ぶようにそう言っていた。

あまりのひどい現実に胸が張り裂けそうで、目に涙があふれてくる。

「聖獣のことまでわかるのか！」

アーキルは驚いて目を見開いたがすぐに私の涙に気付き、

「おい。何、泣いてんだよ。ちょっと関わっただけの奴にさ。お前、お人好しだな」

と困った顔をした。

そして眉を下げて語り始めた。

「お前はもうほとんどわかってる感じだから言っちまうけど、俺って実はムトラクの王族なんだ。ただ王族っていってもたくさんいるうちの一人で、親も血がつながってるだけの他人って感じでいつも一人だった。動物に干渉する能力だけは高かったからよく命令されて、それを淡々とこなすだけの日々を過ごしてたんだ」

「……」

ゲームの内容で少し知ってはいたけど、本人の口から聞く話はすごく重かった。アーキルがなんでもない風に語ってくれているけど、ひどくせつない日々だったと思う。

「そんな時に、今の商隊のショーを見てさ。皆、顔をキラキラさせてるから羨ましくてこっそり覗きに行ったのが始まり」

「覗きに？」

　そこまでは知らなかったし、なんかアーキルには似つかわしくない行為な気がして聞き返すと、アーキルは少し微笑（ほほえ）んだ。

「ああ、どうしても見てみたくてさ。そしたら、すぐ隊長に見つかって怒られると思いきや、そのまま飯を一緒に食べてけって引っ張っていかれて、食べ終わったらまた来いって言ってくれてさ。気付いたらすっかり商隊に居つくようになってた」

　アーキルが幸せそうな顔で語る。

「俺は商隊の皆に人間の心を教えてもらったんだ。皆に出会わなければ、俺はきっとただの道具で心なんて知らなかった」

「……アーキル」

「ムトラクの商隊って国営なんて名ばかりで国は何もしてくれない。それどころか監視して利益を根こそぎ奪っていく。だからどんだけ利益を上げても貧乏で好きなようにも動けない。国の奴隷みたいなもんなんだ」

「……そうなの」

　まさかの事実に私は目を見開いて驚いてしまう。ムトラクって思っていたよりずっとひどい国だ。

「だけど今回の件が上手くいけば商隊は自由だ。皆、才能も人望もあって商売も上手（じょうず）だ。国から離れて幸せになれる」

アーキルが嬉しそうにそう言うから私は悲しくなる。

アーキルがその未来に自分を入れていないのがわかるから。

それにこのままいってもそんな未来はないのだ。なんとか止めなければアーキルはすべてを失ってしまう。

「アーキル……その、それ皆は納得しているの？　アーキルだけにすべてを背負わせるなんて」

どう考えてもあのアーキルをまるでわが子を見るような目で見ていた隊長さんや、本当に仲がよさそうにしていたクミートが『はい、そうですか』と許すとは思えない。

アーキルは私の問いに眉をひそめ、

「……皆には言ってない。反対されるだろうから。だからお前も黙っててくれ」

と答えた。

やっぱり、アーキルの独断だったのね。

「そんな！　そんな風に何も話さないで騙すみたいに離れて、皆が幸せに笑って過ごせるわけないじゃない！」

私が強い口調でそう言うと、アーキルも、

「だけど、他にどうしろっていうんだよ！　このまま聖獣を持ち帰れなければ、皆、どんな目にあわされるかわからないんだよ」

同じような口調で返してきた。

　そうか、ここで聖獣を持ち帰らなければゲームと同じような、いやもしかしたらもっとひどいことになるかもしれない。

　私はただ聖獣を持ち帰らせなければいいという考えを改めた。

　ムトラク、いや国を治めている国王はもう本当にとんでもない奴のようだ。そんな国に帰らなければならないなんて、アーキルたちはなんて大変なんだ。むしろこのままソルシエにいた方が――。

「あっ、そうだ。ならムトラクへ帰らなければいいんじゃない。このままソルシエで、いやソルシエでなくて違うところでもいいからそこで暮らしていけばいいのよ！」

　ムトラクを離れてこんな遠い土地に来たのだから、そのままフェードアウトしても大丈夫なのではないかと、ちょっと悪役寄りの考えだが、それはとてもいいアイデアに思えた。しかし、

「そうできたらどんなにいいかと思うけど、それは無理なんだ。俺たちはずっとムトラク王族に監視されてるから」

　アーキルがせつなそうな目でそんな風に言った。

「えっ、監視って、あの中に監視の人がいたの!?」

　私の会った商隊の皆にそんな感じは微塵もなかったけど、王宮に使者として来ている人の中に監視役の人がいるのか!?

「いや、人にはいないというか人間じゃないから」

「人間じゃない？」

「そう人間じゃなくて動物。話しただろう俺の他にも動物を使役する能力を持つ奴がいるって、その能力を持つ奴が動物を使って商隊を監視している。そして商隊が裏切らないか見張っている。裏切るような動きを見せれば、兵を出すか使役している動物を使って粛清してくる」

「……」

私は言葉を失った。

「特に今回は遠出だからかなり多くの監視がつけられている。空にも荷物の中にも、その辺の隙間にまで」

そんな言葉にびくりとあたりを見回してしまう。そんな私を見てアーキルは、

「大丈夫だ。今、この部屋にはいない」

と告げてきた。

「アーキルは監視の動物がわかるの？」

「ああ、心を完全に奪われて他の動物とは違うからな。でも数が多い上にすでに操られているやつには俺から干渉はできないからどうしようもない」

つまり逃げることもできないということだ。

手ぶらで帰ることも許されず、しかし逃げることも許されない。アーキルには聖獣を持ち帰るという選択しかないのだ。

どうすることもできない。私は唇を噛みしめた。

そんな私の頭をアーキルはポンと叩き、

「会ったばっかりの俺のためにそこまで色々と考えてくれてありがとう」

　と言った。

「……」

　悔しい。わかっているのに、何もしてあげることができない。

「聖獣や俺たちのことって誰かに話したか？」

　アーキルの突然の問いに、思わず首を横に振れば、

「ありがとう。そのまま誰にも話さないでおいてくれ。俺たちはすぐに出ていくから」

　アーキルはそんな風に言って背を向けた。

「……アーキル、アーキルは聖獣に関わっては駄目、できるだけ関わらないで」

　その重いものを背負っている後ろ姿に私は咄嗟にそんな風に声をかけた。そんなことできるわけはないのに。

　アーキルは小さく片手を上げた。そして私はアーキルと別れた。

　その後、歓迎会の会場へ行くと、気持ちに引きずられてなんだか具合も悪くなったのか、顔が真っ青だったようで一人先に帰された。

　付き添いのアンに心配されながら馬車に揺られ私は、いっぱい考えた。アーキルを助ける方法を――でも結局何も思いつかなかった。

　私はまったくの無力だった。

屋敷に着くとすぐ自室へと戻り、前日書き出したゲームの情報の紙を広げて見返す。どこかにアーキルを助ける方法はないかと。

聖獣を持ち帰っても持ち帰れなくてもアーキルたちは無事ではすまない。

これはゲームの強制力なのだろうか？　アーキルが傷ついて別の大陸へ渡り主人公と出会って恋をするための。

だとしたらなんて残酷なんだ。ゲームでは『不幸な過去を持つ青年を助ける』という設定がいいとかなった人もいるのかもしれないけど、現実にあんなにいい子が、いい人たちが——と考えると底知れぬ怒りが沸々と湧いてくる。

またゲームの制作会社が『ＦＯＲＴＵＮＥ・ＬＯＶＥＲ』と同じところなのも、私怨もありより腹立たしい。本当にできることなら乗り込んでシナリオライターを罵倒したい。

思わず机をどんと叩いてしまうと、その音に驚いたのか、ピヨが籠の中で、

「ピヨ」

と鳴いた。

「ああ、ピヨ、驚かせてごめんなさい。ちょっと色々あって」

私はピヨの籠に近寄りピヨを手のひらに乗せた。ピヨのふんわりした羽毛が暖かくて少しだけ心が落ち着く。

ピヨも私がいつもと違うのを察しているのか、なんだか気遣わしげな視線でこちらをうか

がってきた。

　そんなピヨの様子を見ていて私はふと思った。

　もしかしてピヨってすごい賢いひよこなのでは？　こちらの言っていることを理解しているようだし、人の顔色をうかがうような様子を見せる。

　私の周りにいる動物が闇の使い魔のポチくらいで、ポチもなかなかに賢い（言うことを聞かない時もあるけど）のでピヨのことも普通に接していたけど、この子もしかしてすごい子？

「ピヨ、ピヨの大好きなアーキルが大変なの。聖獣という生き物を国に持ち帰らなくてはいけないらしいんだけど、それは危険な生き物で持ち帰ると大変なことになるの。でもねそれを持ち帰れないと今度は国にひどい目にあわされてしまうのよ。どうしたらいいのかしら？」

　私はピヨの目を見てそう語りかけた。しかし、ピヨはそのままふいっと手のひらから降りて私の本棚の方へスタスタと歩いていってしまった。

　ピヨには話がわかっている気がしたけど、さすがにここまで難しい話ではわからないよね。

　私はまた紙を見つめ、考え始めた。しばらくしてバタンと音がして、そちらを見るとピヨが本棚から本を一冊落としていた。

「こら、ピヨ、いたずらしちゃ駄目じゃない」

　私は落ちた本を拾いにいき手を伸ばした。するとピヨが本の上でぴょんぴょんと跳ねながら、

「ピヨピヨピヨ！」

　と何やら訴えかけてきた。

「えっ、何？　ピヨったらどうしたの？」

「ピヨピヨピヨ！」

ピヨはバサバサと本を示すように羽をばたつかせた。

「何、この本を読んでほしいの？」

「ピヨ！」

正解という風にピヨが返事をした。

「う～ん。ピヨ、私、今、色々と考えないといけないことがあるからちょっと本を読むのはまた後にして」

そう言ってピヨをどけて本を手に取るとピヨが怒ったようにつついてくる。

「ちょ、ちょっとピヨ、痛い」

結局、ピヨの猛攻に負けて本を開いてさっと見せてあげることにした。

ピヨ、賢いと思ったけど、やはり人間の心の機微まではわからないのね。

「え～と、ではでは『呪(のろ)われたドラゴンと救いの乙女』――ってかなりファンタジーな小説選んだわね。確かこの話は呪われたドラゴンと友達になった女の子がその呪いを解く方法を探しだす話だったわね」

最終的に呪いの解けたドラゴンがヒト型になって少女と結ばれるというロマンスもあってなかなか面白かった話だけど、これひよこが見て面白いのかしら？　ひよこ登場しないけど。

ん、ドラゴンの呪いを少女が解く。なんかこれと似たような話が……!?

私はぱっと本を置き、ゲームについての出来事を書いた紙のところへ行き、じっと見つめた。

主人公とアーキルの恋が発展した後の話を――。

アーキルの過去の部分ばかりとにらめっこして対策を考えていたから気が付かなかった。

アーキルは主人公に心を許し、次第に惹かれていくがその身で命を削る聖獣を使役したまま。

アーキルは自分が死ぬ時、一緒に暴れ回る聖獣を道づれにするつもりで生きてきて、このままいけばあと数年の命だったのだ。

アーキルはそのことを理由に主人公を遠ざけようとするが、主人公は諦めない。

主人公はアーキルが命を削り使役している聖獣にかかっていた呪いを解いた。

聖獣は正気を取り戻し、アーキルも聖獣を無理やり使役することから解放され、命を削らなくてよくなった。そして主人公とめでたく結ばれる。

そうだ、アーキルたちが持ち帰ろうとした聖獣は呪われているのだ。

それでアーキルは無理やり使役しなければならなくなり、使役に時間がかかり命も削らなくてはならないほどになり、その後の悲劇につながっていく。

つまり聖獣の呪いとやらをここで解いてしまえば、たとえムトラクに戻ったとしても何とかなるのではないか。

確かアーキルのエンディングでは聖獣とのちに友人となったみたいな様子もあった。

国を一つ破壊できるほどの聖獣をここで友人にできれば、ムトラクの国王にだって対抗できるだろう。

うん。聖獣の呪いが解ければすべて解決する！

ぱっと顔を上げた私に、いつの間にか真横に来ていたピヨが、

「ピヨ」

誇らしげに鳴いた。

「もしかしてあの本……まさかピヨ、解決策を教えてくれたの？」

そんな風に尋ねてみると、

「ピヨ」

とそうだという風に鳴く。

正直、ひよこに字が読めるとも思えないし、あんな簡単な説明で内情もよく知らないのにこんなこと考えつく？　と疑問も強いが、それでも私はピヨがこの答えを教えてくれたと思えた。

突然、現れた見たことのない不思議なひよこ。よくわからないけどこの子はきっと特別な子なんだ。

「ピヨ、ありがとう。私、頑張るから」

「ピヨ」

よろしく頼むという風にピヨが鳴く。私は力強く頷いた。

議長カタリナ・クラエス。議員カタリナ・クラエス。書記カタリナ・クラエス。

『では、聖獣の呪いを解く方法を考えましょう！』

『『はい』』

『……と元気に返事をしてみたのはいいんだけど、呪いを解くってどうしたらいいんだろう？』

『え～と、あれよ。キースの時みたいに黒蛇を引っ剥がせばいいんじゃない』

『えっ、聖獣も黒蛇が絡まってる感じなの？』

『いや、わからんけど』

『わからんのかい!?』

『ちょっとふざけてる場合じゃないわ。真剣に考えて』

『別にふざけているつもりはないんだけど……そもそも呪われているってどうなってるのかわからなくて』

『確かゲームでは言葉も通じなくて暴れ狂ったみたいに書かれていた気がするわ』

『キースの時と違うね。じゃあ蛇は関係ないかな』

『う～ん。でもソルシエに封印されていて、呪われているって闇の魔法の臭いがプンプンするわ』

『そうね。呪いと言ったら闇の魔法っぽいものね』

『つまり闇の魔法っぽいものを解けばいいのね』

『たぶんそうだと思うけど』

『主人公はどうやってその呪いを解いたんだっけ？』

『なんかこう手からぶわっと光を出してとかだった気がする。あの主人公、魔法使いだったのかな？』

『あっ、確かあの主人公って最後、結局別の大陸出身の母が産んだけど育てていけなかった娘ということがわかるんだけど、その母親が魔法の国の出身で身分違いの恋の末に授かった子ということがわかったのよ』

『そうなんだ。まぁ、ありそうな設定だね』

『そうなんだじゃないわよ。わからないの、この母親きっとソルシエの出身よ！』

『そうか！　別大陸の魔法使いの国、つまりソルシエ』

『じゃあ、あの主人公も魔力持ちだったのね。だから光を出せた……というか光の魔力持ちだったのか！　それで呪いが解けた』

『そういうことよ。きっと』

『ふむふむ。まさか異世界に転生して前世の乙女ゲームのシナリオの謎が解けるとは感慨深いわね』

『深めてる場合じゃないわよ！　これで呪いの解き方がわかったじゃない。聖獣の呪いは光の魔法で解ける。そして私には【ＦＯＲＴＵＮＥ・ＬＯＶＥＲ】の主人公であり国一番の光の魔力持ちである頼もしい友人がいる』

『マリア！　マリアなら聖獣の呪いを解くことができる！』

『頼んでみましょう』

『アーキルのことを話せばマリアならきっと協力してくれるわ』

『そうだとは思うけど、でも聖獣は呪いで暴れ回ったという記述があったわ。いくらマリアが呪いを解けるといっても、簡単にはいかないいんじゃない』

『ゲームの主人公はどうしていたかしら？』

『ゲームではすでにアーキルが使役していたからじっとさせておくことができたのよ』

『じゃあ、まずはアーキルに使役してもらう』

『でも使役するのは命を削るほど大変なんでしょう』

『そうだった。ではどうやって聖獣をじっとさせていればいいの？』

『……魔法で止めるとか？』

『土ボコで？』

『無理でしょうね』

『ねぇ、思ったんだけどマリアには協力を頼むとして、サポートがカタリナだけではどう考えても聖獣の呪いを解けるとは思えないわ。ここは皆にも協力を頼みましょう』

『そうね。アーキルには他の人には話すなと言われたけど、これはもうとても私一人では解決できない問題だものね。皆に話をして助けてもらいましょう。他国のこととはいえ、皆、アーキルたちの状況を聞いて見捨ててしまえなんて言わないわ』

『では善は急げで、マリアや皆に話があると手紙を送りましょう。明日、話をして協力を仰ぐわ』


そう決まると私はさっそく、皆に手紙をしたためた。

アーキルたちに迫る破滅フラグはこのカタリナ・クラエスが折ってみせる。

ゲームの強制力にだって負けない！　悪役令嬢のしぶとさをなめるなよ！

★★★★★

『……アーキル、アーキルは聖獣に関わっては駄目、できるだけ関わらないで』

後ろからかけられたカタリナの言葉がなかなか頭から消えてくれなかった。

まさか、あのカタリナが公爵令嬢で王子の婚約者だったとは驚きの事実だ。

一瞬、カタリナは王子側のスパイで俺たちを探るために近寄ってきたとも疑ったが、あの裏も表もありませんという呆けた顔に疑いはすぐに消えていった。

ただカタリナのあの夢で未来を見るという能力には驚かされた。

ソルシエの魔法についてはまだまだ知らないことが多いが、そのような能力まであったとは
――もしかしてカタリナはそういう経緯もあり王子の婚約者になっているのだろうか。

そう思えば腹の探り合いとは無縁の彼女が王子の婚約者という地位にいるのも納得できた。

しかし、カタリナは俺のことを放っておいてくれるだろうか。

つい最近、出会ったばかりの人間のことをあれほど心配するようなものすごいお人好しだ。

もしかしたら何かおせっかいを焼いてくるかもしれない。

あいつに迷惑をかけないためにもさっさと聖獣を持ってソルシエを去らなければならない。

そしてその後はまた国に使われる道具に戻されるだろう。

国王とそれに近い者にしか知られていないが、俺の能力はムトラクで一番強い。聖獣を連れ帰れば、それを使役する者として選ばれるのは自分であろうことは今回の件を伝えられた時にはわかっていた。

それでも『聖獣を連れ帰ればあの商隊は自由にしてやる』という国王の言葉に背を押された。厄介者でしかない子どもを受け入れ、まるで家族のように大切にしてくれた皆が自由になれるのなら、俺は道具に戻されてもやっていける。そう思えた。しかし、

『そんな！　そんな風に何も話さないで騙すみたいに離れて、皆が幸せに笑って過ごせるわけないじゃない！』

カタリナの言葉は胸に刺さった。

その通りだ。あの優しい人たちはきっと俺に今後起こることを知れば全力で止めにくるだろう。そういう人たちだってわかっている。

だから、俺はムトラクに戻ったら一人で王の元へ行くつもりだ。

皆にはやはり王族の暮らしの方が優雅に暮らせるから戻ると手紙を残そう。

隊長やクミートなんかは疑ってきそうだが、王宮に入ってしまえばもう会うことはない。

皆は外国で自由に生きてほしい。商売上手な人ばかりだ。きっとすぐにすごい商隊として名が知れ渡るだろう。その噂がムトラクの王宮の中にも届いてくれれば俺は幸せだ。

「アーキル」

「!?」

考えにふけっていたため、突然、かけられた声にひどく驚いてしまった。

「……なんだ、クミートか」

声をかけてきたのはクミートだった。ここはまだソルシエの王宮内のため女装姿だ。

「なんだじゃないぞ。ぼーっとして大丈夫か？」

クミートはそう言うと心配な顔でこちらを覗き込んできた。

「ああ、あと少しでこの任務も終わるなと思って、気が抜けちまってただけだ」

そう言ってごまかすと、

「真面目なアーキルがそんなこと言うなんて珍しいな。まだ肝心なものを運び出す作業が残っているっていうのに」

クミートはそんな風に言ってきた。

さすが長い付き合いなだけある。俺のことをよくわかっている。しかし、ここで悟られるわけにはいかないので、そのまま何気なく話を続ける。

「そうだな。しかし念入りに確認したが、あの場所に人の出入りはない。あくまで倉庫といった感じだと思う」

そう俺は聖獣の気配を丁寧に探り、封印されているものがあるであろう場所を特定した。

鍵がかけられていたが複雑なものではなく、針金を使って開けることが可能なようだった。

よって順調にいけば、鍵を開け内部に侵入しそのままものを運び出し、ムトラクへと持ち帰ることができる。

「そうか、それで決行はいつにするんだ？」

「今夜と言いたいところだが、夜に出歩くのは却って怪しまれる。明日の朝、散歩のふりをして近くまで行って忍び込むつもりだ」

「おい、じゃあ一緒に行こうぜ」

クミートはそう言ってきたが、

「いや、人数が増えると目立つし、もしもの時の言い訳が面倒になる。明日は俺一人で行く」

そう断った。

「そうか、わかった。くれぐれも気を付けろよ。あの令嬢たちの件もあるし」

「ああ、そうだな」

あの令嬢たちとはカタリナと共にショーを見にきてお疲れ様会へ参加した女性たちのことだ。

なんと彼女たちも貴族のご令嬢で一人はカタリナと同じく王子の婚約者だったのだ。

俺は早めにカタリナに会い、そのまま戻ることがなかったので会うことはなかったのだが、クミートの方は挨拶までしたらしい。

　女装して顔をベールで隠しており、なおかつ声も変えてごまかしたとのことだったが、本人曰く生きた心地がしなかったということだ。

　また共に王宮に入り、城内と城下を探っていた他の商隊の皆も彼女たちにバレることなくやり過ごせたようだ。

　しかし、今後も大丈夫という保証はない。このような事態になったので早めにソルシエを出ようということで決まった。

　ちなみに俺は単純に体調が優れずに歓迎会を抜けたことにしている。カタリナの件は、彼女が知っていたことも含め、バレると俺の方でも都合が悪いため話さなかった。

　よってクミートはカタリナもきっとそこそこの貴族のご令嬢に違いないくらいの認識だ。

　王子の婚約者であることや不思議な能力があることは想像もしていないだろう。あの令嬢たちはともかくカタリナには貴族っぽさが皆無だったから。

「しかし、ついに明日か、それでこの任務が成功すれば俺たちは自由か」

　クミートが目を輝かせてそう言った。

「ああ、そうだな」

「なぁ、自由になったらアーキルはどういう国に行ってみたい？」

「クミートはどうなんだ？」

「俺か、俺は寒い方の国に行ってみたいな。寒い国では冬に空から雪っていうのが降るんだってさ。真っ白で冷たくてとてもきれいなんだって。見てみたいな」

「そうだな」

「その雪ってこないだ見た氷っていうのでできてるらしいぜ。食べられるのかな。雪が見られたら食べてみようぜ」

　クミートの語るこの後には当たり前のように俺もいて、俺はせつない気持ちでその話を聞いた。

　今後のことを楽しく話した後、俺たちはそれぞれ用意された部屋へ戻った。

　そして明日のためにとすぐに寝具に入ったが、眠れなかった。

　瞳を輝かせて今後を語ったクミートの顔とカタリナの『聖獣に関わっては駄目だ』という言葉が何度も脳裏に浮かんだ。


　翌朝、早朝に俺は散歩という名目で外へ出た。そしていつもしているようにブラブラと庭を散策する。ソルシエの使用人もまたかという感じでわざわざついてはこない。そう思わせるために使者と姫でさんざん自由奔放に過ごしてきたのだ。

　そうして目的の場所へと到着し、周りに人気がないのを確認し、用意していた針金で鍵を開けた。予想していた通り鍵は針金で簡単に開いた。

　再び周りを警戒し、俺は建物の中へと入った。

中は様々な調度品のようなものであふれていたが、みな埃を被っていた。

こちらも予想通りここは倉庫のようなものだった。

ここまで順調だ。俺は気合を入れて気配を探る。ムトラクにいる時から微かに感じていた気配はとても強く近くになっている。

気配をたどり、そこに着くと埃を被った宝石でもしまっておくような箱があった。これだと直感した。

埃を被っているがそれ自体も煌びやかに飾りつけられた箱からは、確かにあの日から感じていた気配が漏れ出ていた。

箱にそっと手をかけてみたが、特に問題はないようだった。

両手にすっぽり収まるくらいのその箱をそのまま持ち上げて胸に抱いてみた。

もっとおどろおどろしいものだと思っていたが、こうして手に取るとなんだか懐かしいような、前にも触れたことがあるような不思議な感覚を覚えた。

なんで突然、気配が漏れ出てきたのだろう。これに何かあったのだろうか。

そんな考えが浮かんだが、今はそれどころではないと気付き、考えを打ち消し箱を持っていた袋にしまう。

大きかったらどうやって持ち出そうと色々と考えたが、思っていたよりずっと小さいもので安心した。

これを持ってムトラクへ戻れば、すべて終わる。

封印はソルシエの魔力がある者にしか解けないと書物に書かれていたため、都合よく扱いやすいソルシエの魔力持ち貴族にも声をかけ、共にムトラクへ戻る予定だ。

『封印はムトラクで解く、もし何かあった時のため、聖獣の大きさも不明なので戻る途中でソルシエに気付かれ取り返されるのを防ぐため』と国王より言われたが、そこには封印を解いた聖獣を俺が勝手に使役し自分に盾つくのを防ぐためもあるだろう。

国王はそういうところが用心深い。しかし、聖獣の力というものが本当に書物に書かれているような強大なものなのか、それが現代まで残っているのか謎は多い。俺はそんな賭けに出る気はない。確実に皆を自由にする道を選ぶ。

なにげない様子で倉庫から出て与えられた部屋へと戻る。無事に気付かれず戻れてほっとする。

あとはこの城を後にするだけだ。皆で出る時には入る時と同じく身辺をチェックされるだろうから、箱はソルシエ貴族の協力の元に外へ出す。

それで後はムトラクへ戻るだけ、もうすぐだ。

『……アーキル、アーキルは聖獣に関わっては駄目、できるだけ関わらないで』

またカタリナの言葉がよぎり、俺は頭を振った。もう忘れろ。そして彼女が何かおせっかいをしてこないうちにさっさとここを去るのだ。

朝になった。色々と考えすぎて眠りが浅く気分的にはもう少し布団に潜っていたいけど、そうも言っていられない。

私に真実を知られたアーキルはおそらくすぐに動く気がする。聖獣はもう見つけ出せたのか、それともまだ探しているのかなどはまったくわからないが、とにかく急がなくては！

皆に話があると手紙を出し（キースには口頭で話し）、『承知しました』的な返事はもらった。城の一室も借りた。

よし！　私は気合を入れ部屋を出る。

「ピヨ」

ピヨが当たり前のように肩に乗ってきた。

「ピヨも行くの？」

「ピヨ」

ピヨはもちろんといった風に答えた。

昨日、解決法を導き出してくれたこともあるのでピヨも連れていくことにした。

馬車では肩に乗っていたが、城に着いたらキースが『ちょっと肩のひよこは』と苦言を呈してきたので、ピヨには籠に入ってもらった。

ちなみに到着した城内におかしな感じはなかった。

アーキルはまだ動いていないのだろうか、それとももうことを済ませて去った後か、いやそうなればもっと城内も慌てた雰囲気になるはず、まだ大丈夫だ。私は自分にそう言い聞かせる。

借りた一室へキースとピコと行くとそこには皆の姿がそろっていた。

さすが優秀な皆、時間前集合。言い出しっぺのくせに遅れてしまったことになんとなく気恥ずかしさを覚えていると、

「そろいましたね。それでカタリナ、話というのはムトラクの友人のことですか？」

とジオルドが口を開いた。

手紙には話をしたいとだけしか書かなかったのに、そこまで言い当てられて私は驚いた。

「どうしてそのことを？」

「君の昨日の態度を見れば何かあるとわかりますよ。それでメアリたちにも聞いて、ムトラク使者の代表である少年が君が親しくしていた人だとわかったんです。違いますか？」

ジオルドはさらりとそんな風に語ったが、あの一瞬で悟り調べられるなんてすごいと思う。さすがだ。

「違いません。実はその友人が今、大変なことになっていて」

そうして私はアーキルのことを話した。

彼らが国王に命じられかつてソルシエの者によって封印された聖獣という存在を取り戻しにきたこと。

ムトラクには動物を操る能力を持つ者たちがいて、それで操られた動物に見張られ、アーキ

ルたちが命令に逆らうことができないこと。

アーキルがムトラクに帰るとその聖獣を使役させられるだろうこと。

ここまで、アーキルに聞いた話として……そこではっと気付いた。

その後に話そうと思った聖獣が呪われていて、使役しきれずムトラクを壊滅させる可能性があること、その聖獣の呪いはおそらく闇の魔法でそれは光の魔力で解けるだろうということ。

これは完全に乙女ゲームの情報であり、アーキルも知らないことだ。後々、調べられてどうして知っていたと言われると困るパターンだ。

しまった！　その辺も昨日、気付いて考えておけばよかった。今更そんな風に思うが、どうにもならない。しかし、この場でいい感じのごまかしも咄嗟に思いつかない。よって、

「夢で、夢で見たんだけど――」

とまさかのアーキルに使った夢で見た説で同じように話してしまった。

結果、皆に怪訝な顔をさせてしまった。

「君は相変わらずすごいトラブルに首を突っ込みますね。ムトラクが封印された聖獣を取りにきたというのはともかく……聖獣の呪いやムトラクの壊滅については夢の話ですか」

ジオルドがどこか遠い目でそう言う。

う～ん、やっぱり夢の話では信じてもらえないかなと焦ったが、

「あの、カタリナ様は以前、学園でマリアさんが攫われた際にも、夢で監禁場所を特定されてますわ」

メアリがそんな風に言ってくれると、

「そうですわ。あの時はカタリナ様の言う通りの場所に隠し部屋がありました」

ソフィアもそう援護してくれ、

「確かに、こいつはなんか変に勘が鋭いとこがあるからな」

とアランも頷いてくれ、

「そうですね。義姉さんは意外とそういうところがありますからね」

とキースも納得した顔をした。

「カタリナ様にはきっと何か特別なすごい力があるのだと思います」

マリアが尊敬したような眼差しを向けてくれた。

いや、ごめんマリア、私にはそんな力はないのよ。ただ前世で乙女ゲームを必死にやっていただけなのよ。

なんだか居たたまれない気持ちになっていると、そこでここまで黙っていたニコルが、

「カタリナの話を聞いて今回ムトラクを調べた際に見た記録を思い出した」

そう言って話を始めた。

「かなり古い時代の記録に遠い砂漠の多い異国へ出向いたと書かれていた。この国だが読み解くと現在のムトラクと思しきものだった」

えっ、ソルシエの人間がムトラクへ行ったことがあったの？

「そこへ出向いたのは一度きりでその後は行ったという記述はなかった。ただ持ち帰った土産

を大切に保管するようにと記されていた」

「持ち帰った土産って⁉」

私が驚いた声を出すとニコルはこくりと頷いて、

「カタリナの話と合わせて考えるとそれが聖獣が封印されているものなのではないか？」

そう言った。

部屋に大きな沈黙が落ちた。

そして、ジオルドが口を開いた。

「すべてをというにはまだ根拠はたりないかもしれませんが、動いてみる必要はありそうになってきましたね」

よかった。皆に信じてもらえた！

「皆、信じてくれてありがとう。私、仲良くなったアーキルや商隊の皆を助けたい。でも私だけじゃあ、何もできないから皆に力を借りたいの。どうか私に力を貸してください」

私はそう言って皆に頭を下げた。

皆はそんな私に力強く頷いてくれた。

そこからの動きは早かった。

「それでニコル、その持ち帰った土産とやらが今は、どこにあるのかわかりますか？」

ジオルドがそう問いかけると、ニコルがすかさず答える。

「いや、その後の話は詳しくは書いていなかった。おそらく最初は大切に保管されていたかも

しれないが、何分時が経ちすぎている。行方知れずだ」

「ならば、まずはその土産とやらの行方を探して、そしてムトラクの王子に話を聞きましょう。

ムトラクの王子は今、どこですか？」

ジオルドのその問いにニコルは、「少し待ってくれ」と言い扉の外へと声をかけた。

すると、扉の外から見知った顔が現れた。

「ラファエル！」

私が驚いた声をあげると、ラファエルはにこりとして、

「お久しぶりです」

と頭を下げた。

「実は、ラファエルにもムトラクの使者の監視を頼んでいたんだ」

ニコルがそう言うとラファエルが頷いた。

「魔法省を通して正式な依頼を受けて、監視をしていました。行方は把握しています」

「それで、ムトラクの王子は今、どこにいるんですか？」

「はい。ムトラクの王子は――」

ラファエルがそう口にした時だった。

『バッ』

と突然、大きな爆発音が聞こえた。

第五章　聖獣

「あれ、アーキルはついていかなかったのか？」

帰り支度のために荷物をまとめているとクミートにそう声をかけられた。

「ああ、もう後は城の外へ持っていくだけだから、あちらに顔の知られていない者に付き添いを頼んだんだ」

俺（おれ）がそう返すと、クミートはどこかすっきりしないという顔をした。

「それはまぁ、その方がいいと思うけど、用心深いお前が自分でついていかないのは意外だなと思って」

確かにその通りだが、

「俺はだいぶ顔が知られてしまったからな」

俺がそう返すと、クミートも、

「そうだな。貴族令嬢たちにも知られちまってるからな」

と納得した。

俺が手に入れてきた聖獣が封印された箱は今、ソルシエ貴族であるマレット子爵が城の外へと運び出そうとしている最中である。

俺たちがソルシエに警戒されているのはわかっていた。そのため万全を期して、ソルシエに疑われないようマレット子爵を使って箱を運び出すのだ。

マレット子爵は聖獣がソルシエにあるとわかった際に、ムトラクが金を握らせつながった者だ。

前王には気に入られ羽振りがよかったというマレット子爵は、現国王には煙たがられているらしく今では辺境で借金を抱えながら暮らしており、こちらの話に簡単に乗ってきた。

実際に接してみればマレット子爵は実にわかりやすい小悪党だった。

金と今までできなかったムトラクとの外交などという新しい名誉を目の前に掲げればいくらでも動いてくれた。

聖獣が封印されている箱についても、詳しく説明せずともかつてソルシエに奪われた大切なもので取り戻せばムトラク国王から褒美が出る。マレット子爵をムトラクの貴族として迎え入れるなどと囁けばあっさりと城から持ち出す作業を引き受けてくれた。

そうして運び出した箱を外にいる仲間が引き取り仕事は終わりだ。

見張りに顔があまり知られていない仲間もついていっている。問題などない。

それでも前日までの俺なら、変装してでもマレット子爵についていっていただろう。実際にそうしようと思っていたのだが――。

『……アーキル、アーキルは聖獣に関わっては駄目、できるだけ関わらないで』

カタリナのあの言葉がどうしてもひっかかり――もう後は運び出すだけなら俺がわざわざ行

かなくてもよいのではないかと思ったのだ。

　しかし、俺はその判断を数分後、大きく後悔することとなった。

　金と欲望に目のくらんだマレット子爵は言われた通りに行動する。自分で考えるなどしない男だ。そう判断したはずのマレット子爵が、実は大変好奇心旺盛なところがあったということを俺は知らなかった。

　激しい爆発のような音が聞こえ、俺は慌ててクミートたちと共に部屋の外へ出た。音のした方角を見ると、見たこともないほどの大きな鳥が暴れているのが見えた。

　激しい爆発音に私たちは慌てて外へと飛び出した。そして音の聞こえた方角を見ると――

そこには見たことのないような大きな鳥が暴れていた。

大きさもさることながら、その羽は通常の鳥より多い。これはまさか、

「ムトラクの聖獣？」

私の呟（つぶや）きは思いのほか、大きく響いた。

「あれが聖獣。本当にいたのですか」

ジオルドが乾いた声で言った。

「これはもう土産は探す必要ねぇな」

アランが眉を吊り上げた。

「ムトラクの王子に話を聞くのも後回しにした方がよさそうだな」

ニコルがそう言った。

「とにかく確認しなくては、もう少し近くに行ってみましょう」

ジオルドのその声に、

「ええ、行きましょう」

そう私が一番に行こうとすると、キースが、

「ちょっと、義姉さん、危ないからここで待ってて」

と言ってきたが、

「そうはいかないわ。本当にあれが聖獣なのか、アーキルはどうしているのか自分の目で確かめたいの。お願い」

必死に頼み込むと、

「仕方ないですね。こうなったカタリナはもう止められません。危険のないように僕らから離れないでください」

ジオルドの許可が出て、キースも仕方ないなと肩を上げた。

「うん」

そうして続いた私に、他の女性陣も『カタリナ様が行かれるなら絶対にご一緒します』とついてきた。皆、友情に厚い。

大きな鳥が暴れていたのは幸いなことに開けた部分であり、建物などの被害はさほど大きくないようだった。

ただそうはいってもこのまま暴れられてはまずいことになりそうだ。その状態を見たラファエルはすぐに「応援を呼んできます」と駆けていった。

しかし、こうして近くで見ると鳥は想像以上に大きかった。民家一軒分くらいあるんじゃないかと思えるほどだ。

ただ聖獣というから綺麗な鳥を想像していたんだけど、色が黒だった。なんかカラスっぽい。いやカラスが駄目なわけではないのだけど、なんか想像と違った。

そして、鳥の近くにはアーキルがいると思って見渡してみたけど、その姿はなく代わりに小太りのおじさんが地面に這いつくばって必死に逃げようとしていた。

その横には大きく開いた宝石箱のようなものが落ちている。

「えっ、誰?」

私がおじさんを目にして思わずそう口にすると、ジオルドが、

「マレット子爵です。ここ最近、ムトラクに取り入ろうと出入りしていたんですけど、なぜこ

んなところに転がっているのでしょう」

　冷ややかな目でおじさんを見てそう言った。

「マレット子爵？」

「ああ、カタリナは知りませんよね。マレット子爵は魔力・仕事の能力共に極小なのですが、話術だけは巧みで前王に上手く取り入りはばを利かせて好き放題していた問題ある方です。現国王が即位してから辺境へ飛ばされたんですよ」

「そ、そうなんですか。どうしてそんな人がここに？」

　なかなか辛辣な答えが返ってきて若干怯みつつそう聞き返せば、

「ムトラクの使者と一緒に辺境からついてきたんですよ。勝手についてきただけのように見えていましたけど、この状況、もしかしたら少しはムトラクとつながりがあったのかもしれませんね」

「そうなんですか」

　アーキルからそういった話は聞いていなかったけど、確かにソルシエにまったく協力者がいないと大変だものね。あの人がそうなのか。

「あの、ジオルド様、あの人、危なくないですか？」

　マレット子爵とやらは完全に腰が抜けているのか起き上がる様子はなく這うように逃げていて、このままだと鳥の餌食になりそうなのだが、使用人と思しき人たちはマレット子爵を置き去りにさっさと逃げていく。

「はぁ～。そうですね。あんなのでもこんなところで亡くなられるなんてことになると困りますので助けましょう。カタリナはここにいてください。アラン、ニコル、キース」

　ジオルドはそう言って友人たちに声をかけた。

「ジオルド、さすがに王族を危険にさらすわけには」

　ニコルがそう言ったが、ジオルドは、

「何もあれを倒そうとか思っていませんよ。とりあえずはマレット子爵を安全な場所に動かすだけなので手を貸してください」

　さらりとそう返した。

　その目には強い意志が見え、結局、ニコルも頷き、ジオルドたちは鳥の傍で這っているマレット子爵の救出に向かった。

　キースが大きな土人形を作り出し鳥の気を引き、ニコルが風で鳥を揺さぶる。その隙にジオルドとアランがマレット子爵を抱えこちらへと向かう。

　その連携プレーを感心して見つめていると、ムトラクの人たちがこちらへ駆けてくるのが見えた。なぜだか、その後ろにソラの姿もある。

「えっ、ソラなんで？」

　私の呟きを拾ったジオルドが、

「彼も監視の任務にあたっていたようですね」

　と教えてくれた。どうやらラファエルだけでなく、ソラもムトラクの使者の監視に駆り出されていたようだ。

そしてやってきた彼らは巨大な鳥を目にし、

「これは……」

アーキルはそう言って言葉を失い、クミートは頭を抱え、双子はポカーンと大きく口を開けていた。皆、反応はそれぞれだが、この状況はこの人たちが想定していたものではないことだけはわかった。ちなみに何も知らされていないソラも目を見開いて驚愕していた。

これは誰か少しソラにも説明してあげなくては駄目だなと思いつつ、まず私は、

「アーキル」

と名を呼んで声をかける。今はまず彼のことだ。

アーキルはこちらを見つめ、

「悪かった。こんな事態にするつもりはなかったんだ」

そう言って気まずそうな顔をした。

やはり鳥が大暴れしている状況は想定外のことだったのだ。そうだよね。だってアーキルは封印された聖獣を手に入れたらそのまま去るって言っていたものね。

クミートと双子はこの場に私がいることに不思議そうな顔をし、アーキルが手短に説明していた。説明を聞いた皆は驚いた顔で私を見たが特にコメントはなかった。それはどういう驚きだったんだ。

「なぜ、聖獣はあんなに暴れているんだ?」

アーキルが暴れ回る大きな鳥を見てポツリと呟いた。

私はゲームでのことを知っていたのでこの鳥の状態は呪われている（闇の魔法に苦しんでいる）からだとわかるけど、アーキルはきっと封印を解けば普通より大きな鳥（不思議な力あり）が出てくると思っていたんだろう。

その聖獣に普段と同じように言うことを聞いてくれるように頼むつもりだったんだと思う。アーキルは無理やり言うことを聞かせたりしないと言っていたから。

でもこんな状態じゃ話なんてできないよね。アーキルの顔色が悪くなる。

「こんな状態じゃあ、どうすれば」

まさに私が思った通りのことを呟いて絶望的な顔になるアーキルに私は話した。

「アーキル、実はこの聖獣は魔法で呪われているみたいで――」

闇の魔法のことはちゃんと話すことができないのでとりあえず魔法で呪われていて、それが光の魔力で解けるだろうこと。この場にその魔力の持ち主もいるので私たちがそれを解こうとしていること、できれば協力してほしいことなどを伝えた。

「……それも夢でわかったことなのか？」

私が夢で未来を視る的なすごい能力者だと思っているアーキルが小さくそう言ったので、私は指を口に当て『内緒だ』という風にして、

「そ、そう。それで協力してくれる？」

と聞いた。アーキルは夢の能力（そんなのない）が秘密なことに頷き、

「むしろこのような事態を起こしたのは俺たちのせいなのだから。できることはさせてもらう」

　そう答えた。

「この先、どうなるにせよ。このままにはしておけないからな」

　アーキルはそう何か覚悟を決めた風に言った。

　そうしてアーキルたちの協力も得ることができるとなったところでジオルドたちがマレット子爵というおじさんを抱えて戻ってきた。

「ひっ、ムトラクの方、これはその――」

　アーキルの姿を見たマレット子爵が必死に言い訳を始めてくれたお陰で、この状況の原因がわかった。

　要はこのマレット子爵はムトラクの人に頼まれて聖獣の封印された箱（これが横に落ちていた宝石箱だった）を城外へ持ち出す約束をしていたそうだ。

　それだけで大金をもらえ、またムトラクに同行しそこで封印を解くことで更なる金とまたムトラクで貴族の地位をもらえるという約束だったらしい（これはムトラク国王としたものらしいので本当にしてもらえたかは不明だが）。

　ただこの子爵かなり好奇心旺盛だったらしく、アーキルに言われた『かつてソルシエに奪われた大切なもの』という存在が気になって、少しだけ中を覗（のぞ）いてみたくなったらしい。

　しかし、こっそり力をこめて開けようとしても開かないので、ややムキになり自身の風魔法で何とかできないかと箱にぶつけたところ箱から爆発音がし手を放して箱を放ると次の瞬間には、そこに巨大な鳥が現れ、箱は開いていたとのことだ。

なんというか私も人のことは言えないが、かなり考えなしおじさんである。

しかし、この宝石箱みたいなのが封印の箱か、ただの箱にしか見えないな。ジオルドたちがこちらに持ってきた箱を見ながらそんな風に思う。

昔のすごい魔法使いが封印したらしいけど、ジオルド曰く魔力極小という子爵の風魔法をぶつけられただけで封印が解けるなんて……もしかしてすでに封印が解けかけていたんじゃないか？　と思いつつ、鼻水垂らして必死に『そんなつもりなかったんだ～』と訴える子爵に何も言えない。

それにそのちょっとだけ中を見てみたいという誘惑は個人的にそうわからないわけでもない。

とこんな感じでとりあえず子爵からおおまかな事情が聴けた。

ちなみに子爵はジオルドたちには『ムトラクの奴らに騙されたんだ』と訴えていたこともあり、後で詳しく事情聴取するとのことになった。

一応、魔法も使える重要人物ということで魔法省職員であるソラが同行して連れて行くことになった。ソラはようやく状況が呑み込めたようで、

「承知しました」

と綺麗に礼をとり、子爵を連れていった。

そして、マレット子爵に企みを暴露された形になったアーキルはジオルドに、

「あの、申し訳ありません。俺たちは――」

　と謝罪をしようとしたが、ジオルドがそれを制した。

「だいたいの事情はカタリナから聞きました。あなたたちの立場もおおよそわかっているつもりですので詳しい話はまた後で聞かせてください。今はとにかくあの鳥をおさえるのが先です。このまま見境なく暴れられては、城はおろか王都まで壊されてしまいかねない。協力をお願いできますか？」

「もちろんです。できることならなんでもします」

　アーキルは深く頷きそう返した。

「あの鳥を落ち着かせるためには彼女に光の魔法をかけてもらう必要があります」

　ジオルドがマリアを示してそのように言った。

　ジオルドに示されたマリアが進み出て、

「うっすらと気配を感じるのですが……どこがとまではわからないのです」

　少し申し訳なさそうにそう言った。

　ああ、やっぱり闇の魔法で間違いなかったようだ。そこは私の予想だったので当たっていたことに少し安心しつつ、でも場所が特定できないのは困ったと思っていると。

「そうですか、そうなると全体にかけてもらわなければなりませんが……あの大きさではさすがに無理ですね」

　ジオルドが鳥を見ながらそう言えば、マリアは、

「あの全体に光の魔法を一気にかけることはできないですけど、部分部分に分けてかければなんとかできると思います」

　と声をあげた。

「そんなことが可能なのですか？」

「はい。前に光の魔法で傷を部分ごとに治すことができたので可能です」

　ジオルドの問いにマリアは真っ直ぐな目でそう言ってくれた。

「マリア、ありがとう」

　私は優しく頼もしい友人にがばりと抱きついた。するとマリアは、

「……いえ、でもあのように動く生き物に魔法をかけたことがないのでそちらの方ができるかどうか……」

　困った顔でそう言った。それにジオルドが、

「動いていると厳しいかもしれないのですね。わかりました。ならば僕たちの方でどうにかしてあの鳥をじっとさせましょう」

　そう答えたけれど……あれだけ暴れている鳥をじっとさせるとか難しいことだろう。

　今現在も鳥は暴れており、キースとニコルが必死に魔法で対応しているが全然、じっとなんてしていない。

　ジオルドたちは火で水で風でいや土で固めるかなど話し合う。頭脳戦は得意でない私はただ皆を見守る。そこで同じように話に耳を傾けていたアーキルが、

「俺が大人しくさせる」

そう申し出た。

ああ、そうだった。アーキルには動物を操れる能力があるんだった。でも――。

「ああ、そうでしたね。あなたにはそのような能力があるのでしたね。しかし、呪われている巨大な生き物でも可能なのですか？」

「そう長くは厳しいかもしれないが、可能だと思う。やらせてくれ」

アーキルがそう言い切ったことでジオルドたちも頷き、

「では、お願いします。私たちもできるだけ魔法で援護します」

そう言った。

皆のこれからとる行動が固まった。まさにその時だった。

「これは、どういう事態なんだ」

そのような声と共に現在の城の最高責任者イアン王子がやってきた。

まさに今から作業に取り掛かろうというところへ来たイアンにジオルドは、

「イアン兄さん、非常事態です。あの鳥をこのままにしておくと城及び王都に被害が及びます。そのためにあの鳥を大人しくするために、光の魔力保持者マリア・キャンベルが魔法を使います。そのために鳥の動きを止めなくてはいけません。僕とアランの魔法使用の許可をください」

ジオルドがそう言った。

何も説明しないでのこんな発言をイアンが了承するのかと少し疑問に思ったが、イアンは、

「王都に被害が出るだと、それはまずい！　よし、事情は後で聞く。魔法も現王族代表として許可する。あの暴れている大きな鳥を止めればいいんだな」

　そう言うとキースやニコルの方へ一目散に駆けていき、自らも魔法を繰り出し始めた。

　なんというか真面目(まじめ)で慎重派だと思っていたイアンのそんな行動にポカーンとなっていると、ジオルドが、

「イアン兄さんは真面目な堅物(かたぶつ)ではありますが、実はあまり深く考えるのは苦手なんです。今はただ王都に被害が出て大切なセリーナ様に何かあったらと頭がいっぱいなのでしょう。実は中身はそんなにアランと変わらないタイプなんです」

　とイアンの後ろに続いて駆けていくアランを見つつ教えてくれた。

　なんだかイアン様のイメージが変わった。って、私もこうしている場合ではない、聖獣鎮圧のために向かわなくては！　と意気込んで聖獣の近くまで行ったはいいが……私にできることはなかった。

　皆はそれぞれの魔法を繰り出して鳥を押さえ込もうとしているが、私は皆ほど魔力もなくできるのは土ボコくらい。役に立てることがなかった。

　とりあえず頑張る皆が倒れたりしないように様子を観察していると、アーキルが皆より前へ出て鳥へと近づいた。

「アーキル、危ない」

　私は思わずそう叫んだけど、アーキルは、

「近づいて目を見る必要がある」

とさらに前に出た。

「ムトラクの王族に怪我を負わせるわけにはいきませんね。ニコル、ソフィアお願いします」

ジオルドがそう言うとアーキルと鳥の間に風の膜が出来上がる。アスカルト兄妹が風の魔法を使ったのだ。

アーキルが鳥に近づいて、しばらくすると鳥はアーキルの方を見て何かに抗うような様子を見せた。そしてあんなに暴れていた鳥の動きがぴたりと止まった。

すごい、アーキルは本当に動物を操れるのね。皆の感嘆がかすかに聞こえた。

「マリア」

「はい」

鳥の動きが止まるや否やジオルドの呼びかけでマリアが光の魔法を使い始める。

マリアが魔法を放ちまずは鳥の頭から光に包まれていく。

鳥が大人しくなったのでアスカルト兄妹も魔法を解き、皆で固唾を呑んでマリアの魔法をかける作業を見守る。

そんな中、私はアーキルが気がかりだった。だってゲームでは聖獣を使役するために命を削っていると描かれていたからだ。

アーキル自身は何も言っていなかったけど、あの自分だけ頑張ればいいみたいなアーキルのことだからその辺は話していないだろう。

ゲームのようにずっと使役するわけではないけど、今だけだとしてもやはり身体に負担がかかるのではないかと心配だったのだ。

そうして気にして見ていれば、案の定アーキルの顔色は目に見えて悪くなってきて、顔もつらそうになってきた。

ほらやっぱり使役するのは苦しいんだ！　まったくなんでアーキルはちゃんと言わないのよ！

私はもう見ていられなくてアーキルの元へと駆け寄った。

そしてちょうどアーキルの横に着いた時だった。アーキルの身体がぐらりと揺れた。

「アーキル⁉」

私は慌ててアーキルの身体を支えたが、私とそんなに変わらないと思っていたアーキルの身体は思っていたよりもずっと重くてそのまま一緒に倒れそうになってしまう。

あわわわとなるが、

「おい、大丈夫か？　しっかりしろ」

声と共にそのまま倒れそうだった私とアーキルを誰かの、いや何人かの手が支えてくれていた。

目を向けるとクミートと、双子たちだった。

「クミート、ありがとう」

私がそう言うとクミートは、

「いや、こちらこそアーキルをありがとな。というかアーキル、お前具合が悪いのか？」

そう口にした。

やはりクミートも知らないんだ。クミートの問いを受け、アーキルが、

「いや、大したこと――」

またそんな風にはぐらかせようとしたので、

「アーキルの能力はたくさん使うと身体に負担がかかるのよ。ひどいと命が削られてしまうこともあるの」

私がそう告げ口してやった。アーキルは、

「な、なんで、お前がそんなことまで！」

と驚いた様子を見せたが、その態度で私の言ったことが正しかったことが証明された。

クミートたちは盛大に顔を顰めた。そして、

「アーキル、お前、なんでそんな大事なことを話さないんだ。俺たちはお前が大丈夫だと言うから黙って見守ってたんだぞ。何かあったらどうするんだ」

怒気をはらんだ声でそう言う。クミートが心からアーキルを心配し大切にしているのがよくわかった。

だから私はあえてもう一つ告げ口してやった。

「それだけじゃないわよ。アーキル、聖獣を持ち帰ったら自分が国王に聖獣を使役する道具として使われることを知っていて、それでもあなたたちが自由になれるならそれでいいって言っ

てきかなかったのよ」

「な、お前、何を言って」

「はぁ!?」

アーキルとクミートの地を這うような『はぁ』がかぶった。

「なあ、アーキル、お前、何考えてんだ。聖獣を持ち帰ったら皆で自由になれるっていうんで、俺たちは必死になってこんな女装まで引き受けたんだぞ。それがお前だけは自由になれず使役の道具にされるってどういうことだ!!」

その美少女にしか見えない容姿のどこから出ているんだろうというクミートのドスの利いた声にアーキルは、

「仕方ないだろう！　それしか選択肢がなかったんだから！　こんな厄介者を受け入れてくれたお前たちへの恩を返させろよ……くッ」

そう言うとアーキルはまた顔を顰め胸を押さえた。やはり聖獣を押さえていることで身体に負担がかかっているんだ。

鳥を確認するとマリアの魔法は胸のあたりで覆われている。まだかかりそうだ。

急いでほしいがマリアも必死にしてくれているのがわかるので、私にできるのはただ早く呪いが解けるのを祈るだけだ。

苦しむアーキルを支えながら、クミートが言う。

「俺たちに何も相談しないで何がそれだけしか選択肢がないだよ。……それに何が恩だよ。自分ばっかり与えられたと思ってんじゃねぇよ」

「……」

「字も読めなかった俺らに丁寧に勉強教えて、世界で通用する言葉遣いも教えてくれて、礼儀作法だってなんだって自分の知ってること惜しみなく教えてくれて、この隊の業績が上がったのはお前がそうして色々と教えてくれたからだってのは皆、知ってる。孤児だって虐げられてきた俺らをお前が当たり前に認めて褒めてくれたから、皆、前を向いて頑張れたんだ。こっちだってお前に恩だらけなんだよ！」

「……クミート」

アーキルは返す言葉を失っていた。双子もうんうんと頷いている。

アーキルは自分が与えられてばかりだと言っていたけど、今のクミートの話を聞いてアーキルも皆にたくさん与えていたことを知る。アーキル自身も今、それに気付けたのだろう。

感動的な場面だ。ここでハッピーエンドにしてあげたい。でもまだ闇の呪いが解けた気配はない。ちらりとマリアに目をやるとつらそうな顔をしていた。当たり前だ、魔力とて無限ではない。闇の魔力と違い自身の魔力は休めば回復するが、こうずっと大きな魔法を使い続ければ疲労する。

マリアもアーキルももうかなり限界だ。どうすればと思った時だった。私の肩に何かがピョンと飛び乗った。見ればそれは黒いひよこだった。

「ピヨ!?」

そう声をあげると、

『足、右足が痛い』

そんな声がどこからか聞こえた。聞き覚えのない声だ。

「えっ」

周りを見回すがアーキルたちしかいない。

『右足にはめられた鎖を……それが痛くて身体を蝕む』

「なんだこの声？」

アーキルがいぶかしげな声をあげた。

「アーキルにも聞こえるの？」

「ああ、お前にもか？」

「うん」

「お前ら何、言ってんだ？」

クミートが怪訝な顔をする。どうやらクミートたちには聞こえていないみたいだ。

『右足の鎖を壊して』

うん、よくわからないけど、これってもしかして聖獣の声だったりするんじゃないかな？

「アーキル、これって聖獣の声かな？」

試しにアーキルに聞いてみると、

「……そうかもしれない」

と答えが返ってきた。この状況的にそうっぽいものね。

それから『癒して』だったら光の魔法っぽいけど『壊して』となれば、

「ポチ」

私は影からポチを呼んだ。

突然、現れた黒い犬にぎょっとするアーキルたちのことはとりあえず放っておいて、

「あの鳥の右足のところに鎖があるみたいなんだけど、それ壊せないかやってみて」

と頼んでみた。

「ワン」

いいよ～という非常に軽い感じで引き受けてくれたポチは鳥のところへダッと駆けていき、右足のあたりでふんふんすると、そのままがぶりと噛みついた！

鳥が『～～～～』なんとも言えない声をあげた。

「えっ、ちょっとポチ！」

いきなり噛みつくとか、そんな飼い主のしつけを問われるようなことを！　と私が慌てていると、鳥のいた方から突然、爆風が吹いてきたのだ。ひどい風に思わず目をつむる。

やがて風が落ち着き、目を開くとそこには先ほどと別人、いや別鳥のような鳥が地面に立っていた。

黒かった色が眩い金色になっていて実に神々しい。それに先ほどと違い瞳の中に明らかに知性がある。

「金色の鳥……伝承通りだ」

アーキルがポツリとそう呟いた。

ああ、聖獣は本当は金色だったんだ。闇の魔法に呪われて色が黒くなってしまっていたのね。

そんな風に思った時、

『我を苦しみから解放してくれたこと感謝する』

そんな声が響き渡った。声の出所は目の前の金色の鳥。

それは先ほど聞いた声と同じもので、やっぱりさっきの声は聖獣のものだったんだと確信できた。

ただ今回は皆に聞こえたようで皆、驚いた様子で鳥を見つめている。

ただアーキルは私と同じくちょっと前から声が聞こえていたので、比較的落ち着いていたのか、

「苦しみから解放されたとは呪いが解けたということでしょうか？」

そう鳥、いや今の姿はまさに聖獣に問いかけた。

『ああ、あの苦しみが呪いならば、解放された』

そう答えた聖獣の声は穏やかでほっとした。

『お前はムトラクの王子だな』

聖獣はアーキルを見つめ、そんな風に聞いてきた。

おお、見ただけでわかるのか。

「はい。御身を操ろうとしたこと心より謝罪申し上げます」

アーキルがそう言って頭を下げると、

『かまわん。我も苦しみで自我を失っておったからな』

聖獣は穏やかな声でそう言った。

最初の暴れ具合は、自我を失っていたからだったんだな。しかし、

「その、聖獣さんはなんでそんな状態になっちゃったのですか？」

まだ驚いたままの皆に代わり私がそう質問してみると、聖獣はふふふと笑った。

『本当に物おじせず面白い奴だな』

ん、なんだろう。初対面なのにこの前から知っているような感じ？

『我はかつてムトラクの王族より贈られた飾りを右足首にはめられた途端にひどい苦しみに襲われた。まるで身を焼かれるような苦しみに悶えた。そうして悶えるうちにいつしか暗い場所に入れられずっと意識がなかった』

聖獣がそう言って答えてくれた。

つまりポチが噛み切ったあれは呪い道具だったわけね。

ん、それってもしかして、前に私が見つけた闇の魔法道具みたいなものなのかな？

まさかたまたま手に入れた飾りをたまたま聖獣につけたら……ってことはさすがにないよな。

闇の魔法は人を操る力があるので、もしかしたら聖獣を思うように操ろうとしたのかもしれない。

ちなみにそこでポチがワフワフと元気に戻ってきた。

褒めて褒めてと口に咥えたものを目の前に出してきたが、それは細いチェーンのようなもので——これが闇の魔法道具と思うとなんだか素直に受け取れずポチだけ『えらいえらい』と撫でてあげた。

「かつてのムトラクの王族がそのようなことを……それは現ムトラク王族として深くお詫び申し上げます。誠に申し訳ありませんでした」

聖獣の話を聞きアーキルが驚きに目を見張り、かつての王族の子孫として深く頭を下げた。

アーキルはソルシエにただ奪われたとしか聞いてなかったものね。

まさか自国のかつての王族のせいで聖獣が呪われて自我を失っていたとは——ムトラクの王族、自業自得の所業だったわけだな。

『かまわぬ。苦しみとてほんのしばしのことで今はもう解放されておる。それにおぬしの罪ではない』

聖獣はそう言った。

なんというかすごく心が広い生き物だな。あれだけ苦しそうだったのにあっさり許せるなんてと私は感動を覚えたが——。

『正直、ほぼ自我を失っていたんでほとんど覚えてないからな。はっはっは』

と笑った聖獣に覚えた感動が引っ込みそうになった。

なんかこの聖獣思っていたよりノリのいいタイプだ。そのせいか見た目に反し神聖さがいまいちな感じだ。

「ムトラクの聖獣、こちらにもお答えいただいてよろしいですか？」

次にジオルドがそう言って聖獣に話しかけた。ようやく気持ちを立て直したようだ。さすが王族。

『おぬしは？』

こちらは見ただけではわからないのか？

「私はソルシエ王国、第三王子のジオルド・スティアートと申します」

『ほぉ、おぬし、王子だったのか、その王子が何の用だ？』

ん、なんだろう。また前から知ってた風の物言いだな。

ジオルドも気にはなっているかもだけどそこはまったくそのような様子は見せずに続けた。

「あなたの今後のあり方についてです。聞くところによるとあなたがこのソルシエへ来たのはあなたの意志ではないとのことで、今後どうしますか、ムトラクへ戻られますか？」

ジオルドの問いに、アーキルの身体がびくりと揺れる。

アーキルたちはムトラク国王に聖獣を連れ帰るように言われているからだ。

しかし、聖獣は、

『いや、我はもうムトラクに帰るつもりはない』

とはっきり答えた。アーキルたちの顔が険しくなる。

「わけをお聞きしても？」

アーキルがそう聞くと、聖獣は話し始めた。

『うむ。そもそも我がムトラクを守っていたのは友のためだった』

そう言って聖獣ははるか昔の物語を語った。


彼は元々、居場所など持たない小さな存在だった。

そんな彼がある人間の少年と出会った。彼と少年は深い友情を育み、少年に大切にされた彼はいつしか大きな存在へと変わっていった。

やがて少年は青年となり、絡み合った運命の末にある国を継ぐこととなった。それが『ムトラク』という国だった。

突然、ムトラク王となった青年にたしかな後見はなくひどく苦労した。青年の友となった彼はそんな王を助けた。

王を助けるために奮闘した彼はいつしかどんどんと力をつけていき、やがてムトラクの聖獣と呼ばれる存在となった。

聖獣は王と王の身内である一族に自らの力を分け与え、国を導くのを手助けして暮らした。

しかし、すべての人に寿命がやってくる。聖獣の友であった王は年を取り老人となり天に召されていった。

友を失った聖獣は三日三晩泣きあかし、友を悼むとムトラクを去ることを決めた。

友と過ごした場所にいるのはつらかった。友のいないこの場には未練はなかった。

だが、聖獣が去ろうとしていることを知った王族のうちの何名かが、それでは困ると動き出した。そして『他国からの贈り物』だとその飾りを聖獣の足首にはめた。

その時の王族たちは『これで聖獣を思うままに操れる』などと語っていたので、そういう品だったのだろうが、そうはならなかった。聖獣は苦しんで我を忘れた。


それがこの聖獣の物語だった。

聖獣は元々、ムトラクを守っていたわけではなく、大切な友が王になったからそれを手伝っていたに過ぎなかったのだ。

ならば聖獣がムトラクに戻らないというのは頷けるが、それではアーキルたちがひどい目にあってしまう。

「あの聖獣さん、そのことなんですが、実はここにいるムトラクの人たちには事情があって──」

私がそう口を開くと、聖獣は──、

『うむ。カタリナ、事情はわかっておるぞ』

「えっ、なんで名前を！」

私はこの聖獣に名前を名乗っていないはずなのに！　聖獣はもしかして心まで読めたりするの？　なんて思った私に、

『そりゃあ、ずっと共にいたからな』

と聖獣が言い、私の肩にバサッと何かが止まった。

肩には金色の小鳥が止まっていた。

色こそ金色だけどその小鳥は私のよく知るひよこにそっくりだった。

「ピヨ？」

金色の小鳥にそう問いかけると、

「ピヨ」

といつもの返事が返ってきた。

どうやらこの子はピヨで間違いないみたいだ。だけどどうしてこんな姿に？　首をかしげる私に聖獣が、

『それは我の一部だ』

と教えてくれた。

「聖獣さんの一部？」

『ああ、そうだ。あの日、暗闇に一筋の光が差し込んできて我はそれを必死にたどった。すると一部だけが外に出ることがかなったのだ。おそらく何者かが知らずに封印を少し解いたのだろう。そうして我が光に導かれ外に出るとおぬしがおったというわけだ』

何者かが封印を解いて――マレット子爵の話を聞いた時に封印は解けかけていたんじゃないかと思ったけど、本当に解けかけていたんだ。

それも私がピヨを見つけた時に何者かが――。

「ワン」

そう言って私を見て嬉しそうに尻尾を振るポチ、まるで褒めてというように――。

「え～と、ピヨというか聖獣さんの封印を解いたのってポチ？」

「ワン」

そうだよというような返事がきて、私はなんだかげっそりとなる。

えっ、ではそもそものこの騒動の始まりというか原因はポチ……ひいては飼い主である私のせいになるのでは……。

なんとなく気まずくなって背を丸める私に構わず聖獣は続ける。

『そうして外に出られた一部はなぜか苦しみにも蝕まれず、悠々と外の世界で過ごせたのだ。ほんの一部であるがゆえに能力も使えず話もできなかったが、実に有意義な日々であった。カタリナ、礼を言うぞ』

聖獣がそう言うと金色のピヨは私にぴたりとくっつき、頬にその頭を寄せた。細められた目が『ありがとう』と言っているように見えた。

その小さなふわふわの頭をそっと撫でると、さらに頭をすり寄せてきたので、もう一度、撫でようと手を伸ばすと、ピヨはばさりと飛び立った。

ああ、とても上手に飛べるようになったんだね。触れることなく空を切ってしまった手を持て余しながら、そんな風に思う私の前で、ピヨは聖獣の方へと飛んでいき、そして淡い光と共に聖獣の中へと吸い込まれていった。

ああ、ピヨは本当に聖獣の一部であったんだ。

短い間だけど、共に過ごした可愛いピヨ、最後に手に残ったふわふわの感触に胸が痛くなった。

『ピヨの記憶は我も引き継いでいるため、おぬしたちの事情も知っておる。ムトラクはだいぶ変わってしまったな』

聖獣は悲しそうな目でそんな風に言ったが、

『しかし、お前たちのお陰で我もこうして苦しみから解放され外の世界へ戻ってこられたのだ。我がなんとかしてやろう』

と何やらフンと力を入れた。

するど何やらどこからともなく聖獣の元に青白い光が集まりだした。

そしてピヨが入っていったのと同じようにぱぁーと聖獣の中に吸い込まれていった。

また不思議現象!?

驚愕する私たちを尻目に聖獣はどこか呑気な声で、

『よし、これで問題ないぞ。もうムトラクの者は動物の使役はできん』

と言った。

「……どういうことでしょう?」

目を見開き、そう尋ねたアーキルに聖獣は『ははは』と笑って告げた。

『ムトラクの者の動物を操るという能力は、元々我が授けた力なのだ。友がムトラクを治める

クラ
ムトラ
ためのカとなればと我が友とその一族に渡したものだ。友が亡くなっても、彼が愛したムトラクの力となればとそのままにしておいたのだ。それが、卑劣な使われ方をして人を苦しめているようならばもう残しておく意味もない。返してもらったのだ』

「……つまり、俺たちはもう王族から監視されていない？」

クミートがそう言って周りを見回した。

「いや、本当に使えなくなったのかどうか試してみなければ」

アーキルはそう言って庭の木に降り立った鳥をじっと見つめ、

「……本当に使えない」

とぼそりと呟いた。

それが聞こえたムトラクの皆は両手を上げて叫んだ。

「「自由だ〜〜〜〜〜〜!!」」

アーキルがへなへなと地面に座り込んだ。

「大丈夫？」

尋ねると、なんとも言えない顔で、

「なんか力抜けた」

と返したが、その唇はまごうことなくほほ笑みの形をしていた。

『うむうむ』

聖獣が嬉しそうな声を出した。

　これで今度こそ本当のハッピーエンドという感じだったが、

「あのムトラクの聖獣、せっかくいい感じにまとまったところを水を差すようで悪いのですが、この荒れた場の方もお力でどうにかできませんか？」

　ジオルドがそう言って聖獣が暴れ回りなぎ倒された木などを示してそう言った。これは確かにひどいな。

　幸いなことに建物の被害はほとんどなかったわけだけど、ソルシエ王族としては一言、言っておかなければならないのだろう。

　己の暴れた跡を改めて見て聖獣は、

『うむ。我のせいで申し訳なかった。しかしこれを修復する能力を我は持たぬのだ。すまぬ』

　と申し訳なさそうに告げた。

　どうやら聖獣はなんでもできる生き物というわけでもなかったようだ。

「……そうですか、では僕らの方でなんとかします」

　少し気落ちした様子のジオルドに、

「あの、俺たちも皆で手伝います」

　アーキルがそう声をあげた。

　ジオルドもそれに「申し出、感謝します。共にお願いします」と答えた。

『感謝する。ムトラクの王子』

「いえ、元々、俺たちのせいでもあるので、それにあなた様のお陰で俺たちは自由になれました。こちらこそ感謝しています」

『自由か、してムトラクの王子、お前たちは今後、どうするのだ？』

そう聖獣が問いかけると、アーキルは仲間たちと顔を合わせて、

「ムトラクに縛られることなく自分たちの力で世界を自由に回っていこうと思います。それがずっと俺たちの夢だったので」

そう言って仲間たちと幸せそうに笑った。

『世界を自由に回るか――よし、我もそれについていこうぞ。我はおぬしが気に入っておるでな』

聖獣がいいこと思いついたという風にそう言ったので、アーキルたちはもちろん私たちも驚いた。

そしてやはりアーキルが気に入っていたのか、そりゃあピヨの時、アーキルにあれだけ懐いていたものな。しかし、アーキルは、

「……あなた様が、俺たちに……しかしその御身では一緒に移動するのが……」

そう言葉を濁すように言った。

そうだよね。この大きさの鳥と一緒に移動は難しいというか、ちょっとあれだよね。

聖獣もそれに気が付いたようで、

『ああ、そうかこの姿では大きすぎるな。では――』

そう言うと、また聖獣の身体が青白く光り、そして――。

『これなら問題なかろう』

一羽の茶色い小鳥がアーキルの肩に止まっていた。サイズこそ小さくなっていたが、色以外は先ほどの巨大な鳥と同じ姿だった。

「……聖獣様？」

アーキルがそう問うと、

『ああ、そういえば名を告げていなかったな。かっての友が授けてくれた我の名はマスルールという。まぁ、ピヨというのもなかなか可愛らしくて気に入っておったがな』

「マスルール様、俺の名はアーキルです。よろしくお願いします」

なんて言って私の方を見てウインクを飛ばした聖獣にアーキルはやや苦笑して言った。

『うむ。アーキル。これからよろしく頼む』

こうしてムトラクの王子、商隊、聖獣は皆で世界を回る一団となった。

素晴らしいハッピーエンドだ。そんな場面で、

「あれ〜、これはどういう状況？」

どこか気の抜けた声が聞こえたので、そちらを見るとソルシエ第一王子のジェフリーが婚約者であるスザンナを連れて立っていた。

「ジェフリー兄さん、戻ってきたんですか？」

ジオルドの問いに、ジェフリーは、

「ああ、イアンからムトラクの使者が予定よりだいぶ早く来て大変だから早めに戻ってきてく

れって手紙を受け取ったから仕事を急いで終わらせて戻ってきたんだけど……え〜と、この状況ってどういうこと？」

　不思議そうな顔でそう言った。

　ぐちゃぐちゃに荒れた現場に、異国の人々、そして魔法を多量に使いヘトヘトになったソルシエ勢、この場だけ見たら何がなんだかわからないだろう。

　そんなジェフリーにヘロヘロなイアンが近づいた。そして、

「ジェフリー、いいところに帰ってきた。これから説明をするから後処理は全部、頼む。俺はとてつもなく疲れた。少しでいいからセリーナに会って癒されに行く」

　そう言うと今度は私たちを振り返り、

「お前たちも少し休んだら、ジェフリーに報告しに来てくれ」

　皆にそう告げて、ジェフリーを引っ張って連れていった。

　佇む皆にジオルドがボロボロの衣服を整えたり休憩したりすることを提案し、ムトラクの使者たちはとりあえず与えられた部屋へと戻っていった。

　戻る前、アーキルは聖獣を肩に乗せてちらりと私を振りかえりにっと笑った。私もそれに笑顔を返した。

　アーキルの破滅フラグは無事に回避された。

「それでどうしてあんな危険な場面でムトラクの王子の元へ行くなんていう無茶をしたんですか？」

ジオルドが黒い笑顔でそう言った。これは間違いなく怒っている。

遠い国からもたらされた事件も無事に解決し、めでたしめでたしとなるはずが、ムトラクの皆と別れて、とりあえずお城の一室に皆で集まり、私の中では『お疲れ様、頑張ったね』となるはずだったのだが、しょっぱなからお説教を受けることとなってしまった。

「……あの、その」

アーキルの事情を知っていたから気になってとか色々と言いたいことはあるが、どう言っても言い訳にしかならない雰囲気だ。

「あの時、俺たちは魔力低下で疲労し思うように動けなかった。何事もなかったからよいが本当に危険だ」

ニコルが淡々と言う。

「本当にカタリナ様に何かあったらと思うと私、胸が潰れそうでした」

メアリのウルウルした瞳でのこの言葉はずきりと刺さる。

マリアとソフィアも同じような顔でうんうんと頷く。

「……心配かけてごめんなさい」

私は素直に謝った。

「無茶ばかりのアホ令嬢が」

アランにもそんな風に言われてしまう。深く反省します。

「あれだけ気を付けるように言ったのに」

キースには深いため息をつかれてしまった。ごめんなさい。

そうしてお説教が一段落すると、あのポチが咥えてきたチェーンの話になった。あのチェーンは結局、拾おうとすると崩れて粉になり消えていってしまったらしい。

ニコルがあのチェーンについての見解を語る。

「あれはおそらく以前、カタリナが手に入れた闇の魔法道具と同じようなものだったのではないかと思う。人というか聖獣を操る他国から入手したものとなると、当時のムトラクの王族がなんらかの形でソルシエの闇の魔法道具を手に入れそれを使った結果、聖獣が苦しみ暴れだした。ソルシエがわざわざそれを封印しに行ったのも自国の道具のせいだと気付いたからなのかもしれない」

闇の魔法道具、そんなものが遠い国まで出回っていたかもしれないということに少しぞっとする。

こうして少しの話というかお説教を受けた後、今度はジェフリーたちに事件についての聴き取りをされて、家に帰ることができたのはだいぶ遅くになってからだった。

くたくたでベッドですぐに眠りについた私は、ムトラクの皆が楽しそうに世界を回る夢を見た。

『アーキルよ。少し大事な話をしてもよいか？』

　連日、ソルシエから色々と聴き取りを受け、またマスルール様が暴れて壊した場の修復を手伝い、さすがにだいぶ疲れた俺がテントの自分の場所に落ち着いた時、そう言って俺の元を訪れたのは小さな鳥の姿になったマスルール様だった。

「どうされたのですか？」

　小鳥の姿になってからマスルール様は、それは楽しそうに色々なところを飛んで回り、その話を楽しそうに俺に報告してきていたが、このように改まってやってきたのは初めてでなんとなく居住まいを正して話を促した。

『うむ。ここソルシエのことだ』

「ソルシエがどうかしたのですか？」

『実に親切に我らのことも扱ってくれてはいるが、ただ我は自身の存在をあまり大きく残したくないのだ。我という存在は争いの種になってしまうからな』

「それは――」

　確かにこれほどの力を持つ存在をわが手に欲しいという者は多くいるだろう。しかし、ここまでの事態になってその存在を残したくないというのは難しい話だ。

『ソルシエは心根の真っ直ぐな者が多いが、もちろんそうでない者もいる。お前たちが初めに関わっていた貴族などもそうだろう』

「そうですね」

初めにコンタクトをとっていたマレット子爵はまさに成り上がりたいという気持ちの強い者だった。貴族にはああいった者が多い。

『なので我はソルシエの記録や人の記憶に残らないように細工させてもらった』

「えっ!?」

さらりと語られたマスルール様の話に俺は口を開け固まってしまった。細工？　えっ、どうやって？

俺の心の問いが聞こえたのかマスルール様はまたさらりと、

『うむ。我は生き物なら何でも操ることができるからな。記録係にちょちょいとな』

と答えた。

「そ、それはつまり人間も操れるということですか？」

『ああ、人間は友の種族じゃから滅多に操らんがな。できることはできる。ただこれは我とお前だけの秘密にしておくれ、知られればさらなる争いを生むからな』

「……はい」

俺はそう答えてごくりと唾を飲んだ。

まさか動物だけでなく人間も操れるとは、それは確かにさらにマスルール様を欲する者が増えてしまう。あまりに大きすぎる力だ。

『それで本題はここからだ』

「……はい」

まさかこれから本題とは次はいったいどんな話をされるのかと俺は固唾を呑んだ。

『上手く記録こそごまかしたが、それでも人の記憶には残ってしまっている。よって人の記憶の方も変えさせてもらおうと思っておる』

「!?」

今度は言葉を発することもできなかった。まさか『人の記憶を変える』なんてことができるとは――。

『これも我とお前の秘密で頼むぞ』

「……はい。しかしマスルール様はなんで私にそこまで教えてくださるのですか？」

『ははは、お前が私のかつての友によく似ているからだな。どうもお前には話さないといけないと思うのだ』

「そうなのですか、それは光栄です」

マスルール様を聖獣としたかつてのムトラク王、聖獣様にとって誰よりも特別な存在に似ていると言われなんだか胸が温かくなった。

「それでどんな風に記憶を変えるのですか？」

『ああ、明日、お前たちはこの国を去るだろう。その時にお前たちは普通のムトラクの使者で普通にソルシエと友好を築き去っていくという記憶に塗り替えておく』

「それはつまりこれまでソルシエであったことをすべてなかったことにするのですか？」

カタリナと出会い、交流を重ねた日々の記憶がすべてなくなる。そう思うと胸がずんと重くなった。

『お前にとっては悲しいことだろうが、争いを生まないためには我のことは忘れてもらわないといけないのだ。すまぬな』

「いいえ、仕方ないことです」

『それからここの商隊の皆の記憶も少し変えさせてもらう』

「皆のものもですか？　なぜ？」

まさか商隊の皆の記憶までと思ってはいなかったので驚いて聞き返すと、

『あやつらにこれから負担をかけないために我のことはただの鳥だと思ってもらった方がいい。新しい門出に余計な枷は必要ない』

「枷だなんて――」

そんなことないと言い切ってあげたかったが、聖獣様の真の力を知った今、過去の王族のやりとりもあることから、彼が存在を知られるだけで危険なものだということは理解していて気休めは口にできなかった。

『その時にお前の記憶も変えて私はただの鳥としてついていくこともできるのだがどうする？

アーキル、お前もすべてを忘れ自由に生きたいか？』

すべての記憶を忘れ自由に——それはかつての自分であれば願ったことだったかもしれない。すぐに飛びついただろう。しかし、ここソルシエで体験した出会いともたらされた変化が俺の考えを変えていた。

カタリナに出会えたこと、もらった言葉、商隊と腹を割って話せたこと、忘れてしまうにはあまりにも大切な記憶。それに——すべてを自分のことを忘れてもいいと言いながらなんだか寂しそうな様子のマスルール様を放ってもおけない。

「俺は、俺の記憶はそのままにしておいてください。決して他言はしません。でもわかったまあなたの、マスルール様の傍にいさせてください」

俺がそう答えると、マスルール様はそれは嬉しそうな声で、

『そうか』

と口にした。

★★★★★

あの聖獣の封印が解かれ暴れ回った事件からしばらく経った。

ちなみに聴き取りでアーキルは私が『内緒にして』と言っていたので、上手に私の夢の能力（嘘）を隠してごまかしてくれたので、その辺に触れないでもちゃんと事実が確認できたそうで私はほっとした。

事が事だけに後処理はかなり大変だったそうだが、ジェフリーが帰ってきて率先して主導を握り行ったのでスムーズにいったようだ。

聖獣が暴れ回ってぐちゃぐちゃになったところもあっという間になおっていて驚いた。

ジェフリーはなんだかふざけているように見えるが、やはり優秀らしい。

そしていよいよアーキルたち商隊の皆がソルシエを去る時がやってきた。

日取りと時間と場所を教えてもらった私たちは見送りにやってきた。

すでに荷物はまとめられ、荷車に積んであったが、その荷車が前に見た時より立派になっている気がした。

「ねぇ、あの荷車、立派になっていない？」

そうアーキルに尋ねると、

「ああ、実は臨時収入がかなり入ったんでソルシエで新しく購入したんだ」

と教えてくれた。

「臨時収入？」

「ああ。実はな――」

真面目なアーキルたちは聖獣が壊してしまった部分を自分たちで弁償すると言い、今まで国に隠れてこっそり貯めていたお金を集めたらしいが、とても足りなかったらしい。

それで困っていたところに宰相からニコルを通して提案があった。それはムトラクでの知識を売ってはどうかというものだったらしい。

ムトラクは閉鎖的な国であるが、その分、国の中で独自の技術を発展させ、ソルシエにない独特の知識も多いため、それをソルシエで買い取るとのことだったと。

もうムトラクに帰る気もまったくなく、むしろ愛想がつきていたアーキルは持ちうるムトラクの知識、薬草の精製法などあらゆるものを伝えたらしい。

それがなんとかなり貴重なものだったらしく、アーキルたちの想像以上に高値で買い取られ、こうして荷車を新調してもまだ有り余るくらいのお金を得たとのことだ。

「これのお陰でチマチマしないで次の土地まで回って行ける。ソルシエ王国には心から感謝する」

そう言ったアーキルに、ニコルが、

「いや、むしろあれほどの新たな知識を提供してもらいこちらも助かった。またこのあたりに来る際にはソルシエに寄るといい」

と告げた。

顔はいつものように無表情だが、心なしか嬉しそうだ。これは本当に相当よい情報をもらえたのだろう。

「もう王様の方は大丈夫なの？」

　見張りの動物がいなくなったといえど、そのせいでアーキルたちを追ってきたりしたら大変だ。

「ああ、マスルール様が力で確認してくれたところ、あちらはあちらで突然、動物が使役できなくなって大混乱らしい。他の商隊もそうして見張って収入だけかすめ取ってたり、色んなあくどいことに使ってたからな。それができなくなって俺たちのことなど考えるどころじゃないみたいだ」

「そう、それはよかった」

「まぁ、万が一あいつらが何かしてこようとしてもこちらにはマスルール様のお陰ですぐにわかるし、なんだったら自分がなんとかしてやるってマスルール様は言ってくれてるからな」

　そんな聖獣マスルールはすでに商隊に完全に溶け込んでいる。

　アルクスの周りを飛んだり、クミートや双子にちょっかいを出したり、実に楽しそうだ。

　ちなみにあの後、こっそり私の元まで飛んできたマスルールが教えてくれた話によるとアーキルはかつてのマスルールの友人にとてもよく似ていて、この商隊の皆はその家族によく似ているのだそうだ。とても幸せそうに教えてくれ、私も嬉しくなった。

　色々とあったけどこうして皆で、笑顔でアーキルたちを送り出せて嬉しい限りだ。

「よし、じゃあ出発するぞ」

　隊長さんのその合図で皆が荷車へ戻っていく。

「ありがとうな。カタリナ。お前のお陰でアーキルとようやく腹割って話せたわ」

クミートはそう言って歯を見せ笑った。

「世話になったな」」

双子は笑顔でハモって手を振った。

「ありがとうございます」

アルクスがはにかんだ笑顔でぺこりと頭を下げた。

最後に残されたアーキルに、私はまだ一つだけ告げてなかったことをこっそりと告げた。

「あのねアーキル、実はね夢で見たんだけど、アーキルの運命の人が別の大陸にいるみたいなの。もし行くことがあったら探してみて、その子は――」

アーキルの破滅フラグをへし折ったのはいいけど、そのことでこの先、運命である主人公に会えない可能性がある。

それはそれで心苦しいなと思ったのでアドバイスをしておくことにしたのだ。しかし、私が言い終わらないうちに、

「もう運命の人には出会ったからいい」

アーキルがそんな風に言ったので驚いて固まってしまった。

「えっ」

どういうこと、主人公にすでに会っている？　いや主人公はこの大陸にはいないはずでは？

疑問だらけの私の前にアーキルが膝をついて手を差し出した。その動作は私がよく目にするもので、私は反射的に手を差し出した。

そうして差し出された私の手を取るとアーキルは、

「いつかまたきっと……俺のラーニャムー」

と言って私の手の甲に口づけを落とした。

えっ、『ラーニャムー』って前に聞いた。確か、意味はメロメロと同じような。

『ムトラクで愛している愛しいという意味の言葉だ』

アーキルの言葉を思い出すと、顔にがっと熱が上がった。

な、なんだ今のはまるで告白みたいな。で、でもそういう意味ではないかも～～混乱する
私に、アーキルは、

「じゃあな」

そう告げて、まるでいたずらが成功したような笑顔で手を振り走っていった。

うっ、もしかして揶揄われたのかしらと正気に戻り、私は去りゆく荷車に大きく手を振って、

「またね」

と声を張りあげた。

そうして荷車が進みだすと、今度は空からなにやらキラキラした光が降ってきた。

光は一面、見える限りに降り注いだ。

「わぁ、綺麗。マスルール様からの餞別かしら」

特に私の元に降る光は虹色で特別な気さえした。

私はその美しい光に見惚れた。

「あれ、私、何をしていたのかしら？」

　唐突にそんな風に思って固まった私にジオルドが、

「何を言っているんですかカタリナ。先日やってきて交流したムトラクの使者を見送りに来たのでしょう」

　呆れたように言った。

「えっ、あ、うん。そうでした」

　そう私は先日やってきて、交流したムトラクの使者の人たちの見送りに来たんだ。

　ジオルドの婚約者として一般的な貴族の交流を図ったんだ。そうなんだけど、なんだかどうもしっくりこない変な感じがする。

「ほら、義姉さん、帰るよ」

　キースにそう呼ばれ、私は慌てて、

「うん、今、行く」

　と馬車へと急いだ。

★★★★★★

ちゃんと最後は笑顔を見せられただろうか、そしてカタリナはもう自分とのことなど忘れてしまった。そう思うと目に涙が溜まってきた。忘れないと決めたのは自分なのに情けない。

皆に情けない顔を見られないよう奥へと引っ込んだ俺の元にもう皆にはただの鳥だと認識されるようになったマスルール様が飛んできて止まる。

そして小声で俺の耳元で囁いた。

『そう悲しむなアーキル。特別にカタリナにだけ、おぬしと再び出会い話をすれば記憶を取り戻す仕掛けをしておいたぞ。いずれもっと立派になったら会いに行けばよい』

ばっと顔を向けマスルール様を見れば、

『ははは、友に特別サービスじゃ』

と楽しそうに笑った。

あふれそうだった涙は一気に吹き飛んだ。俺は表に出て去りゆくソルシエとカタリナを乗せた馬車を見つめ、

「また必ず会いに来るから」

そう呟いた。

I was reborn as a villain daughter

番外編一

私、カタリナ・クラエスは馬車に揺られながら、向かいの席に座る人物に尋ねた。

「これから行く劇は、今日から公演開始なのですよね？」

「そうですよ。今日、これから観にいくのが初公演ですよ」

ジオルドはにっこりとそう答えてくれた。

魔法学園を卒業し、春からは魔法省に入省することが決まっている私にとって、この間のお休みは学生最後のお休みと言えなくもない。

よってめいっぱい遊ぼうと決め、色々と出かけたりしているのだが、本日はジオルドに観劇に誘われたのだ。

観劇は昔、何度か行ったことがあったけど、歴史的な小難しいものばかりだったので、すっかり足が遠のいていた。しかし、ジオルドから『大衆向けの物語を劇にしたそうなので、きっとカタリナにも楽しめますよ』と誘われ、久しぶりにまた足を運んでみることにしたのだ。

馬車の窓から見える景色を見て、

「もう少しかな」

と口にすると、

「そうだね。もう少しで着くね」

隣に座ったキースがそう答えてくれた。

そう、馬車にはジオルドだけでなく、キースも乗っているのだ。というのも私がジオルドに観劇に誘われた話をキースにしたら『僕もその劇を観たいと思っていたんだ。一緒に行っていいかな』と言ってきたので『もちろん、いいわよ』と私が答え、共に行くことになったのだ。

ちなみに馬車で迎えにきてくれたジオルドはキースに『あなたの分の席はありませんからね』と言ったけど、キースは『僕は僕でちゃんと自分で席取りましたので大丈夫です』とのことで、キースの方もちゃんとチケットを持っていて安心した。

さて、そんなことを思い出しているうちに馬車は劇の行われる劇場に到着した。

馬車を降り、劇場の入口を通るとそこは待合のホールのようになっている。そこで、

「カタリナ様」

そう声をかけられて振り返ると、そこには、

「メアリ、ソフィア、マリア、アラン様にニコル様！」

見知った顔が勢ぞろいしていた。

「皆でどうしたの？」

そう問えば、メアリがニコニコして答えてくれた。

「この劇に興味がありまして、皆で観にきたんです。カタリナ様に会えるなんて嬉しいですわ。ぜひご一緒しましょう」

まさか皆も来ているとは思わなかった。

意外なところでばったり出会えたのが嬉しくて、

「うん、そうしよう」

と言ったのだが、

「残念ながら僕が取った席にはこんなに大勢は入り切れません。一緒に過ごすのは観劇が終わってからということにして、劇は僕とカタリナの二人で観ましょう」

ジオルドにそう言われ、それはそうかと思いなおした。

だいたいこういう観劇の貴族の席は上の方のボックス席のようなところだ。今回もそうならば、さすがに皆では入り切れないだろう。

「そうよね。じゃあ、皆で過ごすのは観劇が終わってからに――」

と私が言いかけると、メアリがすかさず、

「大丈夫ですわ、カタリナ様、私もちゃんと席を準備しています。席は四人まで座れますから、女性と男性で別れて観ましょう」

そう言うと私の手をさっと引き、ソフィアとマリアを促し、

「では、男性たちは皆さんでジオルド様の用意した席でお楽しみください」

と歩き出した。

優雅でそれでいてどこか有無を言わせぬその歩みに私たち女性陣は、まるで誘われるように続いた。

メアリが用意してくれた席は広々としていて四人どころかもっと入れそうな気がしたけど、貴族が動く時はだいたい使用人も傍で待機するので、それで丁度いいくらいなのかもしれない。

用意されていたフカフカのソファに腰掛けると、テーブルにお菓子とお茶が運ばれてくる。

初めて観劇に来た時はこのいたれりつくせりな待遇にとても驚いたものだけど、貴族用の席はこういうものらしい。

貴族用席が初めてらしいマリアが昔の私みたいに「すごいですね」と目を丸くして感心していた。

「カタリナ様は、この劇の元になったという物語はご存じですか？」

そう聞いてきたのはメアリだ。

「ううん、元になった物語があるというのを聞いただけ」

私がそう言って首を横に振ると、今度はソフィアが口を開いた。

「なんでも姫と騎士の恋の話みたいですわ。庶民向けの読み物に書かれていたもので、まだ本にはなっておらず、私も内容はよく知らないので楽しみです」

「姫と騎士の恋の話か、ロマンス小説では何度か読んだことがあるけど、劇でそういう話は観たことないわね。楽しみだわ」

今まで観た劇は歴史的な話ばかりだ。

何代目の王様の生い立ちとか、有名な魔法使いの研究がどうなったかとか。そういう話よりずっと興味を惹かれる。

「そうなんですね。庶民的な劇場ではそういう劇をやっていると聞いたことがありますが」

私の話を聞いたマリアが言うと、それに付け足すように、

「小さな劇場で人気が出てきたので、今回、初めてこのような大きな劇場でも上演することにしたということらしいですわ」

とメアリが教えてくれた。

「そうなんだ」

さすがメアリ、情報通だ。

そんな風に皆でこれから始まる劇についてのことなどを話していると、劇場はいっぱいになり、ステージの幕が上がった。


劇は見事だった。舞台の作り込みもさることながら、俳優さんたちも皆、上手で、衣装も素晴らしく、見事な演出で本当によかった。

内容もまさにロマンス小説を舞台化したという感じで、見やすく入り込めた。

ただ、ただ一つだけ不満を述べるとしたら、

「なんでバッドエンドなんだろう」

思わず漏れた呟きに、隣にいたマリアが不思議そうな顔で、

「バッドエンドとはなんですか？」

と尋ねてきた。

「あ、え～と、幸せな終わりではなかったっていうことかな」

私がそう説明すると尋ねたマリアではなくソフィアが、

「本当にその通りですわ！　なぜあんな終わりにしたのでしょうか」

と憤慨したように言った。

その様子は前世のオタ友が、プンプンする様子にそっくりだった。

「まさか、悲恋だとは思わなかったですわね」

メアリも頬に手を当ててそう漏らした。

そうなのだ。今回の劇の姫と騎士の恋物語、なんと悲恋のバッドエンドだったのだ。

それはある国の姫君と、その護衛の騎士である平民の男性が互いに惹かれ合うという、ロマンス小説ではけっこうよくある展開の話だった。

だいたいのロマンス小説では、二人は身分の差を乗り越え結ばれるというものが多いのだが、今回の劇は、平民である騎士が自分では幸せにできないと身を引くという物語だったのだ。

個人的には物語はハッピーエンドが好きだけど、でも悲恋ものを読まないわけではない。だけど、今回のこれは――。

「絶対に結ばれる雰囲気だったじゃないですか！　もう二人は身分を捨てて結ばれる、完全にその流れだったのに、なんで最後の最後で身を引くっていう展開になるんですか！」

私の思いを代弁したような発言をソフィアがプンプンして言ってくれた。

「本当にその通りよね！　あれは完全に結ばれる流れだったはずなのに、まさかの最後の最後で騎士が身を引くなんて」

私もそう言ってソフィアに同意する。

そこで少し考え込んでいるようだったマリアが、

「でも騎士の方も、認めている王子が姫に好意を持っていることに気付いて、平民で身分が低い自分より王子の方が姫を幸せにできると思ったから身を引いたということで……私は彼と同じ平民なのでその気持ちはわからなくはないです」

と感想を述べた。

マリア以外の私たちは高位の貴族であるので、その辺の気持ちはいまいちわからず、マリアがそう言うのならそうなのかもという雰囲気になったのだが……そこで、マリアが、

「気持ちはわからなくないですけど……でも私だったら諦めません」

キリッとした顔できっぱりとそう言い切った。

突然のマリアのキリッとした感じにぽかんとしていると、さらにマリアが続けた。

「私はたとえ身分に差があっても相手が自分を望んでくれるなら、望まれる限り傍にいたいです。そのためならなんだってしてみせます」

その表情はとても凛々しくて、さすが主人公といった感じだった。

こういうマリアだからこそゲームの攻略対象たちも惹かれ、共に生きたいと望むようになったのだろう。

そんなマリアに感化されたのかメアリも、

「私もです！　私も好きな人の傍にずっといたいです。そこに大きな障害があるならそれを壊してでも！」

　そんな風に宣言した。なぜか拳まで握ってやる気満々だ。

「皆さん情熱的ですわね。ですが私もそう思います。いくら他にお似合いの相手が現れたからといって、姫の気持ちはどうなるのですか、勝手に諦めるなんて騎士の独りよがりですわ。決して諦めず姫を攫ってでも共に生きるべきでしたわ」

　ソフィアが、鼻息荒くそう言い切った。令嬢としてその鼻息はＮＧかもしれないが、言っていることには私も激しく同意だ。

「そうよね。やっぱり諦めるべきではなかったわ。だって姫は騎士のことが好きなんですもの。それなら一緒にいる選択をしてもよかったはずだわ」

　私がそう言うと皆もうんうんと頷く。

『劇はいい劇だったけど、最後に騎士が姫のためにと身を引いたのはいただけなかった』、これが私たちの今回の観劇での総意となった。

　さて、私たちはこうして皆で意見も合い非常に楽しめたけど、男性チームの方はどうだったのかしら？

★★★★★★

なぜこんなことになっているのだろう。

僕、ジオルド・スティアートはもう何度目かわからないため息を小さくついた。

近日、上演となる劇が大衆向けの物語をモデルにしたものだと耳にした時、これはカタリナが気に入るのではないかと思った。

カタリナは歴史的なものが多い劇にはあまり興味がないが、ロマンス小説を愛読しているので大衆向けの物語ならば楽しく見られるのではないかと考え、すぐにチケットをおさえカタリナを誘った。

カタリナは二つ返事で行くと言ってくれたが、これでこのまま二人だけで行けると考えるほど僕も甘くなかった。

これまでのことを考えれば、あえてカタリナを口止めしていないため、間違いなくキースには話すだろう。そうなればメアリにも話は届き『では皆で』となるのは目に見えていた。

いつものメンバーで過ごす時間も別に嫌いではない。

カタリナと出会う前には人と過ごすことを面倒と感じていた時もあったが、今はそんなこともない。むしろ幼い頃から共に過ごしてきた幼馴染たちのことは大切に思い、共に過ごすのも楽しく思っている。

しかし、カタリナと共に過ごす時間はまたそれとは違うものだ。愛する人と過ごす胸躍る特別な時間だ。

学園を卒業し、僕は王族としての仕事を本格的に、カタリナは魔法省へ入省し、会える時間はぐっと減る。その前に少しでも二人の時間を過ごしたい。

そのためにこの日くらいは、少しでも二人でと思い、あえて広くない席を取ったのだ。

だいたい僕の用意した場所に無理やり入ってくるメアリ（たち）のことだから今回もその予定だろう。しかし全員は入れない席であれば、外で待つしかない。

あえて初演日にしたのも他に空いている席がないようにとの考えだ。初演日はだいたいいっぱいになるため、当日では他に大きな席は確保できないだろう。

そういう考えの元に用意した狭い席だというのに、なぜこんなことに。

目の前にはびっちりと固まった成人男性三名。

未婚の男女ではいけない距離だが、今のところ同性での婚姻が認められていないわが国では男性同士ならば問題ない距離だ。

そう世間的には問題ない距離だが、暑苦しい！

三人とも気心の知れた幼馴染（一人は双子の弟）ではあるが、決して小柄とは言えない成人男性が四名座るにはこの席は狭すぎる。

しかし、ここを追い出されれば彼らの席はないのだ。

まさか初めから別の席を確保しておくとは、僕があえて狭い席を取ることを予測していたのか、だとしたら凄（すさ）まじい。メアリ・ハント、年々と強敵になっていく。

今後はもっとメアリに対抗すべく計画を練らなければならないなと考えつつ、目下、つらいのはこの狭い男ばかりの空間で劇を観なければならないことだ。

「あの、さすがにきつくないですか、無理に劇を観ないで外で待っていたらいいのでは?」

僕が三人にそう言うと、

「いや、せっかく来たんだ。劇も気になるから観るぞ」

素直なアランはそう言い、

「俺もだ」

ニコルが無表情でそう言い、

「僕もせっかく来たので観ておきます。観ないと終わってから義姉さんと内容の話ができないですから」

キースが後ろに本音をくっつけてそう言った。

僕も不本意ながらキースと同じ意見であるため、狭さと暑苦しさを我慢しここで劇を観ることにした。

劇は新たに大衆向けの作品を導入するにあたって色々と気合の入ったものだった。舞台のつくりも衣装もよく手がかけられているのを感じた。

内容としてはカタリナが好んで読むロマンス小説によくあるような姫と騎士の恋というものだったが、身分違いで惹かれ合う二人の思いが丁寧に描かれていた。

そしてそのまま結ばれて終わるのかと思った最後の方で、まさかの騎士の方が身を引くという結末が待っていた。

　なぜそこで身を引くのかと思うものではあったが、人それぞれだからなと結論づけた。

　しかし、(強制的に)肩を寄せ劇を観ることになった弟と友人たちは、

「あそこで姫のために身を引くとは……」

　アランは騎士に感情移入しているようで切なそうに顔を歪(ゆが)めている。

　本当に素直に育ったものだ。たまに本当に自分の弟なのだろうかと思う時すらある。そして、

「ああ、あんなに潔(いさぎよ)く身を引く決意を固めるとは……」

　ニコルも無表情ながらその声色は切なさを帯びていた。

　やはり騎士に感情移入しているようで、意外というかそう言えば彼はあのソフィアの兄だったなと思い出す。そして、

「王子に姫をゆだねて身を引くなんて……」

　ものすごく悲しそうな顔でキースがそう言った。

　こちらは騎士に感情移入しつつ、他にも何か違う者のことを考えている気もしないでもないが、様子は他の二人と一緒だ。

　つまり、狭い恋人や夫婦用の席で成人男性四名が肩を寄せ合い座り、そのうち三名はものすごく切ない顔でうなだれているという、ものすごく居たたまれない状況が生まれてしまっていた。

　今、ここに第三者が入ってくれば、確実に僕が三人に何かしたと思われるだろう。かといっ

てここで僕だけ先に立ち去り、残りの三人がこのようにうなだれている様子を見られれば、僕が何かした上にさっさと逃げたと思われる可能性もある。

色々と考えてこの気まずすぎる席をすぐに立ち去れず、結局、僕は三人が気持ちを持ち直すまで待った。

ようやく気持ちを持ち直した三人と席を立ち、カタリナたちの元へ向かうと非常に楽しそうに盛り上がっていて、とても羨ましい気持ちになった。

番外編二

俺、シハーブ・ワーキド・アーキル・ムトラクこと、アーキルはもう何度目かわからないため息を小さくついた。ここにいるだけで憂鬱で気分が悪くてしかたないのだ。

俺はこのムトラクという国の王族だった。

たとえ父親である国王に使える道具としか思われていなくとも、母親である側妃に国王に取り入るための道具としか思われていなくとも、それでも王族という地位は変わらない。

親である者たちにはまったく顧みられないのに、無駄に特殊な能力があったせいで異母兄弟には嫉妬され邪険に扱われてきた。

この王宮に俺の居場所なんてなかったのだ。

しかし、今の俺にはかけがえのない居場所がある。どんな時でも温かく迎え入れてくれる最高の居場所。

早く帰りたいな。王宮の与えられた部屋にいるといつもそう思ってしまう。

高価な家具が並ぶ広いだけのこんな部屋ではなく、すぐ隣に仲間がいて、寝言やいびきが聞こえる狭い寝台で休みたい。あちらの方がずっと安心してぐっすりと眠れる。

この部屋は静かすぎて落ち着かない。

仕事を終えるまで帰れない寂しさに窓から商隊が今いるであろう方角を見つめていると、一羽の鷹がこちらへ向かって飛んできた。

「ああ、来てくれたんだな」

俺の声にこたえるように鷹は窓辺に止まり頭を前に傾けた。

俺はその頭をいつものように撫でた。

短い仕事の時は連れてくることもある相棒の鷹だが、今回は長くなりそうだったため、商隊に置いてきたのだが、時々、こんな風に俺に顔を見せにきてくれる。そしてその足には紙が括り付けられていた。

『無理しないでね』『気を付けて』『しっかり休むんだよ』『ちゃんと飯を食えよ』

紙にはそれぞれ違う字でそんな風に書かれていた。

それを読むと胸が温かくなりこの静かすぎる部屋でも眠れる気がした。

「これを頼む」

『ありがとう。大丈夫だ』そう記した紙を相棒の足に括り付けて、窓から放った。

「頑張って早めに帰れるようにするから」

相棒にそう告げると、大きく旋回して商隊がいるであろう方角へと飛んでいった。

しばらくその姿を目で追い、完全に見えなくなると俺は寝台へと移動した。

そして受け取った手紙を胸に抱き眠りについた。

商隊に帰りたいと強く思っていたからか、皆からの手紙を受け取ったからか、初めて商隊を訪れた時の夢を見た。

当たり前のように受け入れられて話しかけられて一緒に飯まで囲んで、あの日、生まれて初めて胸が熱くなるということを知ったのだ。

同じ年頃の子どもと遊んだのも初めてだった。遊びなんて何も知らない俺にクミートがたくさん遊びを教えてくれた。

それからアクルスも引っ張ってよく探検にも行った。目にするすべてが新鮮でワクワクして楽しくて仕方なかった。

そしてへとへとになって帰れば、商隊の大人たちが『お帰り』と笑顔で迎えてくれて、すごく嬉しかった。

あの胸の熱さを、楽しさを、嬉しさを知ってしまえば、もう空虚な部屋にいるのに耐え切れるはずもなかった。

抜け出して商隊に入り浸った。別の場所に商売に行く時にはついてもいった。

初めは抜け出し、ほとんど部屋にいないことを咎められるかもしれないと危惧していたが、そこは放置されまったく誰にも顧みられない王子という立場が役に立った。

国王に使われる際の呼び出しの連絡さえ取れるようにしておけば、誰も何も言うことはなかった。むしろ使用人たちは存在しない王子に出される資金で楽しくやっているようだ。初めて顧みられない存在でよかったとすら思った。

幸いなことに格式張ったことを好む国王は、呼び出しにも時間をかけるためすぐに来いと言われることはなく、二、三日の猶予はあった。

そのため商隊と遠くに行っていても、能力で動物に頼んで城へ来て、数日間の仕事が終わればまた同じように商隊へ戻るという生活を何年も続けていた。

しかし、今回の仕事は長引いていた。いつもならば数日で終わるはずが、もう数週間にも及んでいて、俺の商隊に帰りたいという気持ちもかなりのものになってきている。

この国の国王は動物を操る能力を使い、国を牛耳っている。動物を使い監視し脅し、言うことを聞かせている。

俺が呼び出されて、やらされている仕事も主にそういったものだ。ある貴族に反逆の兆しがあるため監視せよ、時には動物で脅せと薄汚いマネばかりさせられる。

そして俺にはそれに逆らうだけの力がなく、嫌々仕事をこなしているのだ。

今回も同じようなもので、ある商人が国に納める金をごまかしているようだから、見張れというものだった。

言われた通りに見張っていれば、そこには貧しい者たちに商品を無償で配る心優しい商人がいただけだった。

金をごまかしていたというわけではなく、無償で提供している商品があったことで、金が入ってきていなかったということだった。商人は悪いことなど何もしておらずむしろ善人であった。

俺はそのように報告したのだが、

『売った商品の代金のうちの何割かを国に納めるのは決まりだ。無償で配っているのはそいつの勝手でその分の金を払わないのは悪だ。払うように通告しろ』

　国王から返ってきたのはそんなありえない返事だった。

　国王は自分の利益しか考えていなかった。貧しい民のことなどまったく頭になく対策一つしてこなかった男だ。

　この商人の方がよっぽど国王に向いている。そう思ったとしても口に出すことができず、やはり歯向かう力もない俺は従うしかなかった。

　大金を要求された商人から『貧しい者に無償で配っているので入ってくる金はなく、支払うことができません』という内容が送られてきたが、もちろん国王はそれに納得などしなかった。

『配った民から金を取れ』『ないならなんとか作り出せ』とまたクズな通達を出す。

　しかし、この商人もそれほど裕福ではなく、すぐにそんな大金を出せるはずもなく事態は膠着状態になっているのだ。

　その間も俺は善良な商人を見張り、時には脅しをかけるように言われ、ほとほと心がすり減ってしまっていた。

　そしてようやく、商人がなんとかお金を工面し、国に納めたことで仕事は終わりとなった。

　自分のことしか考えていない国王は善良な商人の案件が片付くと、俺に、

「今回は時間がかかったな。次は早めにしろ」

　と冷たい視線を投げて去っていった。

　我慢していたため息が少し漏れてしまった。

しかもひどく疲れて自室へ戻るところへ、俺を産んだ側妃に出くわしてしまい、

「国王様によく仕えるように」

といつもの台詞を言われて、さらにどっと疲れた。

自室に戻り、ベッドへバタンと倒れ込む。

今回は期間も長い上に内容もひどく、本当に心身ともにひどく疲れた。身につけていた服から商隊の仲間から届けられた手紙を取り出して確認する。

「早く帰ろう」

誰にともなしにそう呟いて、俺はベッドから身を起こして商隊へ帰る支度を始めた。

堅苦しい服からいつもの服に着替え、わずかな荷物を身体に括り付け、足の速い動物に頼んで、商隊が今いる場所へと駆けてもらう。

商隊のテントが見えてくるとそれまでの沈んだ気持ちが一気に高揚した。

ここまで運んでくれた動物にお礼を告げ、テントへと駆ける。そして飛び込むように中へと入れば、

「おお、アーキル、戻ったか、お帰り」

「あっ、お帰り、アーキル」

「お帰り、アーキル、お疲れ様」

「お帰り」

皆がそんな風に笑顔で迎えてくれるから、少しだけ泣きそうになった。

★★★★★

俺、クミートはなかなか帰らない親友を思って小さくため息をついた。

商隊の仲間で親友でもあるアーキルが城での仕事で呼ばれていってから数週間が経った。

だいたいいつも数日で戻ってくるのに今回はかなりの長さだ。

あいつ、きっとだいぶ参っているだろうな。

アーキルは城へ呼ばれるのをひどく嫌がっている。

言葉にこそ出さないが連絡が届くとものすごく落ち込んでいる。そして嫌々という雰囲気で、どんよりした顔で出ていくのだ。

皆、それを切ない気持ちで見送っている。

アーキルがさせられている仕事を俺たちは知らない。アーキルがそのことをまったく話さないからだ。

それでもだいたい何をさせられているのかは察しがつく。なぜならこの商隊にも国王の命令で見張りがついているからだ。

ムトラク国王は、自分に歯向かう者や金を国に納めない者を決して許さない。そのために動物を操る能力を持つ者たちを使って、貴族、商人、国民などあらゆる者を見張り、時には脅している。

ムトラクでは当たり前のことだ。

そんな中で動物を操る能力を持つアーキルが城へ呼び出され、させられている仕事といったら想像できない方がおかしい。

間違いなくそうしたことをさせられているのだろう。

アーキルは優しい奴だ。動物も操るのでなく、友人として頼んで、頼みごとを聞いてもらっているらしい。揉め事も嫌いだし、意見を押し通すこともしないから喧嘩になることもほとんどない。

そんな奴が動物に人々を監視させ、ましてや脅させることを強要されているのなら、よほどつらいだろうな。

ものすごくつらそうな顔で城へ向かう親友を救ってやる力がないことが悔しい。なんとかしてやりたいと思ってもどうにもできない。

せっかく、笑えるようになったのに、城へ行くアーキルの顔はまた出会った頃みたいになってしまう。

アーキルが商隊にやってきた時を俺はまだしっかりと覚えていた。

隊長の後ろに隠れるようにおずおずしてやってきた子ども。

すごく綺麗な服を着た綺麗な顔のそいつはどう見ても金持ちの子で、なぜこんなところへやってきたんだと最初は不思議に思ったものだけど、少し接するとすぐに気がついた。

ほとんど動かない表情、発せられることのない言葉、まるで人形のようなそいつがこれまで楽しく生きてきたわけじゃないことに。

アーキルがここへ来たばかりの頃、怪我をしても泣くことも騒ぐこともしないアーキルに聞いてみたことがある。

『なんで、怪我をしても何も言わないんだよ』

俺のその問いにアーキルは無表情で、

『言ってどうなるんだ』

と答えた。

『どうなるんだって……』

そう言いかけて俺ははっとした。

アーキルは今まで怪我をしたとしても誰にも心配されたり、気にされたりしてこなかったのかもしれない。

俺は物心つく頃には商隊にいて、怪我をすれば大人たちが心配して世話を焼いてくれて、そういう生活を送ってきた。

だから怪我をしても誰も気にしてくれないなんてこと絶対なかった。

無表情で一人、傷口を拭うアーキルがなんだかすごく切なくて、

『お前が怪我をしたら、痛くないか、つらくないか、俺が心配だから！　だから怪我したら俺に教えろ！』

まるで叱りつけるようにそう言うと、アーキルは驚いた顔をした。それはアーキルが初めて見せた表情だった。

そして一緒に過ごす時間が長くなるにつれて、アーキルの表情も少しずつ表れてくるようになった。

来たばかりの頃のアーキルは当たり前の常識をほとんど知らなかった。俺が教えてやると興味深そうな顔をした。

そのくせ読み書きや計算、他国の言葉などの難しいことを知っていて、聞けば丁寧に教えてくれた。

知らないものを互いに教え合い補い合い、やがてアーキルに笑顔が見られるようになる頃には、すっかり親友のような存在になっていた。

そうなってから、ようやくアーキルの素性を知ることとなった。いや、アーキルが打ち明けてくれたのだ。

アーキルは関係が変わってしまうかもしれないと恐れていたらしいが、そんなことにはならなかった。

会ったばかりならともかく俺は、俺たちはもうアーキルを仲間だと思っていた。

アーキルの身分がなんだろうとどんな能力を持っていようと、あいつはもう俺たちの仲間で家族だ。その関係は変わらない。

だけど、あいつの身分や地位、能力はあいつを縛り付ける。

大切なものを何一つ与えないくせに、嫌なことばかりをさせ、あいつの心を削っていく。

城から戻ってきたアーキルの顔色はいつも悪く、しばらく寝込んでしまうこともある。それほどさせられている仕事は大変なのだろう。

数日でもそんななのに、今回は数週間も経っており、本当にアーキルの身が心配だ。

城にはアーキルを気遣う者などいないのだ。ちゃんと食事をとれているのか、眠れているのか心配で仕方ない。

あまりに長く帰ってこないため、心配で仲間と手紙を書いたが『ありがとう。大丈夫だ』と返ってきた。だけどどうせ無理してるんだろうな。そういう奴なのはよくわかっている。

早く帰ってこい。そしたらお前の好物をたくさん作ってやるから。

そんな思いがようやく通じたのか数日後、ようやくアーキルは帰ってきた。

「……ただいま」

真っ青な顔でそう言ったアーキルはすぐに自分の寝台で泥のように深い眠りについた。

おそらくずっとろくに休んでいなかったのだろう。普段は近寄れば目を覚ますのが、まったく起きそうもない。

安心しきった表情で眠る親友の頭を少しだけ撫でた。

「俺が少しでもお前を助けてやれればいいのに……」

俺にはこの親友をつらい仕事から解放してやることも、手助けしてやることもできない。

切なくてやるせなくて、少しだけ泣きそうになった。

あとがき

皆さん、こんにちは、お久しぶりです。山口悟と申します。

今回は『乙女ゲームの破滅フラグしかない悪役令嬢に転生してしまった…』の劇場版のお話になります。どうぞよろしくお願いします。

劇場版のお話をいただいた時は本当に驚きました。アニメ化のお話の時と同じくしばらくは騙されているのではないかと疑ったほどです。原作を書き下ろしてもらいたいと言われ、あまり深く考えず、わかりましたとお返事してしまってからが、ものすごく大変でした。いつものメンバーを皆、出しつつ、ゲストキャラも出さなくてはいけず、尚且つちゃんと一冊で完結する話を書くというのは、私の想像以上に大変なものでした。私は話を一人称で書いているので、キャラをしっかりわかってもらうために、その人の一人称で書きたいのですが、いつもの皆にさらにゲストキャラたちもとなると多すぎる上に、訳がわからなくなってしまう。ならば今回はゲストキャラたちに主軸をおいて書こうと書いた一本目はカタリナたちいつものメンバーの影が薄すぎると二百五十ページすべて没で、内心号泣しました。

その後も度重なる没、リテイクを繰り返し、いつもの何倍も何倍も大変な思いをして出来上がったのが今回の作品になります。（紹介が重すぎる）つまり、すごく大変だったけど、きっといいものになっているのでよろしくお願いしますということになります。また私が大変だったということは付き合ってくださった担当さんや関係者の方々も、すごく大変だったということです。特にこの劇場版制作期間には感染症の流行もあり、色々な遅れや不都合も出る中で、関係者の方々が、皆、必死に頑張ってくださりました。本当に感謝してもしきれません。そうして完成した劇場版はこの本の発売から数週間後に公開予定となります。どうぞよろしくお願いいたします。

それから作中のラブラブの言葉「ラーニャムー」ですが、アニメの脚本で提案いただいたものを担当さんが気に入り原作小説のほうにも入れさせていただきました。シナリオ脚本関係の皆様、ご許可いただきありがとうございます。シナリオ脚本の素晴らしさに担当さん、それから私もラーニャムーでした。

そして小説家サイトの投稿からはじまった拙作が映画にまでして頂けることになったのは読んでくださる皆さまのお陰です。皆様、本当にありがとうございます。

最後に、いつも素敵なイラストを描いてくださるひだかなみ様、編集部の担当様、また本作を出版するのに力を貸してくださったすべての皆様に心よりの感謝をもうしあげます。皆様、本当にありがとうございました。

山口　悟

IRIS
ICHIJINSHA

劇場版　乙女ゲームの破滅フラグしかない悪役令嬢に転生してしまった…

2023年12月1日　初版発行

著　者■山口 悟

発行者■野内雅宏

発行所■株式会社一迅社
〒160-0022
東京都新宿区新宿3-1-13
京王新宿追分ビル5F
電話03-5312-7432（編集）
電話03-5312-6150（販売）

発売元：株式会社講談社
（講談社・一迅社）

印刷所・製本■大日本印刷株式会社

DTP■株式会社三協美術

装　幀■萱野淳子

ISBN978-4-7580-9597-6

この本を読んでのご意見
ご感想などをお寄せください。

おたよりの宛て先

〒160-0022
東京都新宿区新宿3-1-13
京王新宿追分ビル5F
株式会社一迅社　ノベル編集部
山口 悟 先生・ひだかなみ 先生